ハヤカワ
時代ミステリ文庫
〈JA1512〉

六《ろく》莫《ば》迦《か》記《き》

いつの間にやら夜明けぜよ

新美　健

早川書房

8773

目次

六《ろく》莫《ば》迦《か》記《き》

いつの間にやら夜明けぜよ

登場人物

逸朗…………………妄想好き。戯作者になりたい
雅朗…………………傾奇者。役者になりたい
左武朗………………闘い好き。日本一の剣士になりたい
刺朗…………………『葉隠』を読んで死に魅入られる。猫になりたい
呉朗…………………金儲けが大好き。勘定奉行になりたい
碌朗…………………自由人。遊び人になりたい

佐久間象山…………兵学者・思想家
下村継次……………神道無念流の達人
桂小五郎……………長州藩士
西郷吉之助…………薩摩藩士
坂本龍馬……………土佐の脱藩浪士
高杉晋作……………長州藩士

葛木主水……………葛木家当主
妙……………………主水の妻

安吉…………………下男
鈴……………………下女。安吉の孫娘

伊原覚兵衛…………凄腕の浪人

序　穀潰しの帰還

三百石積の廻船は、ゆったりと波間をすすんでいる。

舳先の近くに、六つの人影が並んでいた。

ひとりが、

「お江戸を旅立ち、はや幾星霜《いくせいそう》――」

と鼻水をすすりながらつぶやいた。

酒乱の花咲翁《はなさかじじい》が、酔っぱらってすっ転んだ拍子に、ありったけの灰を天にぶちまけたかのごとき曇り空だ。

吹きつける潮風は肌をえぐるほどに冷たい。

「あれは、どこの港じゃ？」

渇望した陸地が、ようやくに見えてきたのだ。

「どこでもよいわ」

「しかり。船に揺られるのも飽いたわい」

「水夫によれば、横浜の港だそうです」

「横浜とはどこじゃ？」

「開かれたばかりの港だ。神奈川の宿が近いとか」

「ならば、江戸についたも同然であるか」

「うむ、すべての街道は日本橋につながっておるのだ」

「げにげに」

「ほにほに」

奇態なことに、同じ惚《ぼ》け面《づら》がずらりと並んでいる。

逸朗《いちろう》、雉朗《じろう》、左武朗《さぶろう》、刺朗《しろう》、呉朗《ごろう》、碌朗《ろくろう》。

葛木家の六ッ子といえば、天下無双の穀潰しとして、北本所の外れで知らぬものはいない〈本所七不思議〉の八番目であった。

父は葛木主水《かつらぎもんど》。

二百石取りの小身武家である。

母の名は妙。

六ッ子たちは知る由もなかったが、血の繋がった親子ではない。畏れ多くも、ときの将軍が双子の見目麗しい女中に戯れで手をつけた末に生まれたという顔に似合わぬ由々しき素性を背負っているのだ。

双子は忌み子。

ましてや三つ子で、しかも二組だ。

葛木主水は、徳川家のために高職を捨て、お披露目すら憚《はばか》られる二組の三ッ子を我が子として預り受けたのである。

六ッ子たちは立派に育った。

長子は天下夢想の莫迦、次男は傾奇《かぶき》好きの莫迦、三男は撃剣莫迦、四男は葉隠莫迦、五男は算盤《そろばん》尽くの莫迦、末弟は町人かぶれの莫迦——。

莫迦に莫迦を足せども、やはり莫迦ばかりである。

利口ぶっても、人は人。

半端なことはせぬことだ——と大威張りで居直っている始末だ。

天下御免の大莫迦だ。

とはいえ、幕府の屋台骨を揺るがしかねない秘中の秘事である。

将軍家の落胤を利用せんと不届き者が暗躍するため、葛木主水は計略を案じて六ッ子たちを江戸から遠ざけることにした。

それが旅立った裏の次第である。

旅先で、面妖なる六ツ子たちは奇天烈な運命を次々と招き寄せた。美しい男装姉妹に誘われてお家騒動の助太刀をしたり、江戸へ還るつもりが山道を迷いに迷って東北中を彷徨いつづけたりもした。

いろいろあって、はやく江戸へと還りたかった。

しかし、陸路では埒《らち》があかぬ。

そう思い定めて、漁村で上方商人の廻船に乗せてもらった。が、嵐に巻き込まれて江戸を行き過ぎてしまった。

そして、艱難辛苦《かんなんしんく》を乗り越えて、ついに還ってきたのだ。

「オーモカージ！」

「ヨーソロー」

「あ、ちゃうで！　ヨーソローやあらへん！　こらっ、お客はん、船頭でもないのに勝手に指図したらあかん！」

「うははは！」

「トーリカージー！」

「オーモカージ！」

「おい、どっちや？」

「トリカジや！　トーリカージー！」

「……えらい阿呆を乗せてもうたわ」

「阿呆ではない。莫迦である」

「ヨーソロー」

「オーモカージ！」

「てんごうすんな！」「がっきゃ、いてまうぞ」「海にほかしたろか！」「あ、こら！　帆柱に登ったらあかんて！」


ともあれ──。

六ツ子たちは横浜の港に降り立った。

異国の巨船が往来し、天狗のように鼻を尖らせた赤ら顔の異人たちが闊歩し、珍奇な品々があたりまえのように取り引きされていた。

とても日ノ本の国とは思えない異様な港町を目の当たりにして、阿呆のごとく啞然と立ち尽すしかなかった。

世は動乱の時へと突入していたのであった。

一話　天誅は怖いよ

一

「うむ、白いな……」

もはや三月を迎えたはずである。

「たしかに。どこもかしこも真っ白じゃ」

「季節外れの牡丹雪《ぼたんゆき》よ」

「……さ、寒い……」

「往きは大嵐で、還ってみれば大雪ですか」

「呪われているとしか思えねえ……」

お江戸は、真冬に舞い戻ったような大寒波にさらされていた。

ざっく、ざっく、ざっく——。

六ツ子たちは、擦り切れる寸前の草鞋《わらじ》で雪を蹴立てた。三度笠や丸合羽などは、とうに失っている。無精を極めた総髪の頭に、藁のむしろをかぶって雪をしのいでいた。

山賊のごとき荒んだ風体である。

「だが、まさしく江戸だなあ」「うむ、江戸の橋じゃ」「おう、江戸の坂じゃ」「江戸の大名屋敷……」「ああ、なにもかも懐かしい」「へっ、埃っぽくなきゃ、どうにも江戸って気がしねえや」

歩みをすすめながら、それぞれの感慨に胸を満たしていた。

昨日、横浜の港で上陸したのだ。

東海道に足を踏み入れると、あとは日本橋まで七里（約二十七キロメートル）ほどの旅路を残すばかりであった。

江戸入りの手前で、品川の宿に泊まった。江戸を出立したとき、はじめに泊まるはずであった品川に、ようやく辿り着いたのだ。

しかしながら、懐中の路銀は船賃で残らず吐き出していた。やむなく、夜が明けないうちに出立して、無難に宿代を踏み倒したのだ。

そして、朝からの大雪である。

海原から吹きつける風雪に横っ面を叩かれ、たまらず東海道を外れた。右へ左へと折れ曲がる路地を迷い歩いた末に、御城の濠沿いに出たところだ。

「とまれ、あとひと息よ」

長兄の逸朗は、鼻汁を垂らしながら気勢をふり絞った。

「秘奥の山中では伝説の龍を退治し、お家騒動を見事にとり裁き、艱難辛苦の旅を微笑みひとつで乗り越えた我らが六ッ子ぞ。天よ叫べ、地よ吠えろ。我らの凱旋を讃えよ。見ておれ、おれは血わき肉躍る道中記をものし、当代一の人気戯作者となってやる！」

どこまで真実で、どこまでが幻であったのか、過酷な旅路によって本人の記憶も曖昧になっている。が、夢想好きの逸朗は、地本問屋へ持ち込んだ戯作をことごとく酷評されつづけたことだけは忘れてはいなかった。

「うむ、悲しむ町娘どもの手をふり払って出立したのが昨日のことのようじゃ」

次男の雉朗も吠えたてた。

木の鍔《つば》でわけもなく右眼を隠し、いよいよ傾奇好きの病をこじらせている。

「だが、こうして漢を磨き上げ、身共の器はひとまわりもふたまわりも大きくなった。帰りを待ちわびておった町娘どもよ、さぞや喜んでくれるであろうな」

江戸の町娘どもに、傾奇者を気取った珍妙な装束を嗤われた雉朗であった。が、月日の流れが心に突き刺さったトゲを慈悲深く抜き去り、恥辱にまみれた記憶は心地よき欺《ぎ》瞞《まん》で改変されているようだ。

「む、むはっ、むははは！」

三男の左武朗は荒ぶっていた。

「ははっ、こうして天下無双の武芸者となって還ったのだ。修行の果てに秘剣を身につけたわしに、もはや敵う剣士もなかろう。時は満ちた。江戸市中の撃剣道場をくまなく破って天下に名を轟かせようぞ」

とはいえ、武者修行を志すきっかけとなった滅法強い女剣士にだけは、なんとしてでも遭いたくないと脅える撃剣莫迦であった。

四男の刺朗は、

「こ、凍える……炬燵《こたつ》で猫とぬくもりたい……」

と死人の顔色で震えるばかりだ。

恋い慕った美猫に棄てられ、死出の旅のつもりで江戸をあとにした。旅先で巡り合った〝愛しき大猫〟にも去られ、浮世の望みは失ったままである。

他の兄弟は竹光も木刀もなくしているが、刺朗だけは本身の長脇差を藁にくるんで後生大事に抱え込んでいた。

五男の呉朗は、

「わたしは旅先の知見を活かして、なにか商いでもしたいですねえ」

と欲深く眼を輝かせている。

相場にしくじって江戸から逃げたが、喉元過ぎて熱さを忘れ、そろそろ借銭のほとぼりも冷めた頃合いだと楽観しているのだ。

末弟の碌朗は、ただの町人かぶれである。

「おいらはよ、熱い汁の蕎麦でもたぐってから、遊里を冷やかしにいきてえや」

江戸の女子から得られなかった粋な恋心を求めて旅かけたものの、田舎の初心な女子と出逢うどころか、傷心に傷心を重ねるハメになった。

だが、懲りないところが江戸っ子の身上である。

六人が六人とも、空虚な夢を追い求め、真実から眼を毅然と逸らし、世情の是非をわきまえずに逃避し、本来のかくあるべしという理想の自分と出逢うための辛い旅路を巡ってきたのであった。

「蕎麦をたぐろうにも、この雪では店が開いておるまいて」

「金子も足りませんねえ」

「こうして還ったはよいが、正月に間に合わなんだのが無念よの」

「おう、母上の雑煮が……」

「うむ、御年玉が……」

「ああ、御年賀が……」

口からこぼれる言葉が、ことごとくやくたいもない。

ともあれ、旅には飽き果てていた。

出逢うべき本来の自分などなかった。

夢もなく、志もなかった。

ひたすら、ただ疲れただけだ。

あの六畳部屋が恋しい。

屋敷に引きこもってこその部屋住みではないか。しばらくは長旅の疲れを癒しながら、思う存分に引きこもりたかった。

二

牡丹雪は、雨混じりの小雪に変じていた。

雲は薄まり、うっすらと陽が射している。

行く先に、桜田堀と日比谷堀を隔てる橋が見えてきた。真っすぐ東にすすめば日比谷御門がある。右へ曲がって南下すれば虎御門だ。そして、左手の橋を渡れば、御城へ繋がる外桜田御門であった。

はて、と逸朗が首をかしげる。

「朝から、なにゆえ人が群れておるのだ？」

道の両端に、武士やら町人やらが集まっていたのだ。

呉朗が訳知り顔で答えた。

「ああ、きっと雛祭りですよ」

へへっ、と碌朗が舌なめずりをする。

「桃の節句とくれば、白酒でも一杯ってとこだな」

しかしのう、と雉朗は鍔形の目隠しをめくってあたりを見まわす。

「このようなところに雛市などはあるまい」

そういうことではあるまい、と左武朗は呆れ顔をした。

「祝賀のため、諸侯がこぞって登城する日じゃ。ゆえに、この者たちも大名行列の見物にきているのであろうよ」

　そこへ、折よく大名行列がやってきた。

「おい、片寄れ片寄れ」

「心得た」

「立派な大名駕籠じゃねえかよ、ええ？」

「うむ、武士に生まれたからには、いつかは乗ってみたいものよ。見よ。御供だけでも六十人はおるぞ」

「どこの大名家じゃ？」

「すぐそこの屋敷から出てきたようですね。ならば、井伊掃部頭《いいかもんのかみ》様です」

　近江国、彦根藩の主家である。

　藩祖の井伊直政は、徳川四天王に数えられた豪傑だ。神君家康公に見いだされてより、数々の武功を重ねて天下取りに貢献し、家臣中最大の所領を与えられた譜代大名の筆頭なのである。

　見物の町人衆も、堂々たる大名行列に感心しているかと思いきや、

「けっ、井伊の赤鬼がよ」

「しっ、大老様の家中に聞こえちまうぜ」

「へへっ、ソンジョーのシシ様じゃねえんだからよ。町人のおれっち風情が巻き添えで

獄を抱くなあ御免こうむり」

「おお、くわばらくわばら……」

などと剣呑なささやきを交している。

六ツ子たちは顔を見合わせた。

「おい、ソンジョーとはなんぞ？」

「わからぬ」

「赤鬼とは、物騒な二つ名だな」

「逸朗の兄者よ、井伊家といえば赤備えに決まっておろう。身共も、そのように派手な甲冑をまとって、獅子奮迅の戦働きをやらかしてみたいものじゃ」

「雉朗の兄ぃなら、せいぜい赤フンってとこじゃねえかい？」

「なにをほざくか。武士の褌《ふんどし》とは汚れなき白と決まっておる」

「井伊家の殿様は、たしか大老の職を辞しておられたような……」

「また復したのであろう」

「ですが……」

「呉朗、よせよせ。賢《さか》しらが鼻につくわい。我ら部屋住みにとって、公方様や大老様は拝謁《はいえつ》すら許されぬ雲上人《うんじょうびと》よ」

「しかり。気にしたところで腹は満たされぬ」

「大老様どころか、我らの中で当代の将軍様が何代目か知っておる者はおるのか？」

「おう、莫迦にすんない。十一代じゃねえか」

「え？　そうであったか？」

「はて、十二代であったような……」

天下のご政道に縁なき身とはいえ、部屋住みにも程がある。

「兄さんら、十三代様だぜ」

手代風の男が、呆れ顔でそう教えてくれた。

「おお、ご教授かたじけなし」

逸朗はこだわりなく礼を述べ、雉朗はここぞとばかりに呉朗を嘲笑した。

「ふはは、算盤侍の底が割れたのう」

「う……」

「まあ、何代でもいいじゃないか」

「げにげに」

「うははっ、どこの大名家が大老様で公方様が何代目であろうと、無役のわしらには縁なきことじゃ」

「しかりしかり」

　そのとき――。

　ぼそり、と刺朗がつぶやいた。

「……不吉なり……」

　兄弟たちは露骨に顔をしかめる。

　なにしろ、『武士は遮二無二死に狂いするばかりなり』を金科玉条とする剣呑きわまる四男だ。長脇差を抱きしめながら、熱に浮かされたように眼を潤ませ、陶然と微笑んでさえいる。

　いつものうわ言ならば捨て置けばよいが、ときに神がかって当たることがあるから、うっかり聞き逃すこともできない。

「どうなのだ？　撃剣莫迦よ？」

　長子に問われ、ふぅむ、と左武朗は半眼でうなった。

「おる」

「な、なにが？」

　雉朗が咳込むように訊いた。

「刺客じゃ」

「ど、どこだ？」

「ほれ、あの六人から殺気が漏れておるわい」

撃剣莫迦だけに、左武朗はその手の気配に敏なのだ。

「あれか？　武鑑を持っておる？」

「うむ。六人から少し離れておるのは見届け役かのう。濠沿いの九人も殺気を放っておるな。ふむ、橋の手前にもひとり……まだ幾人か潜んでおるようじゃ。ははっ、まずまずの陣形と見た」

「笑いごとではなかろう」

「江戸詰の田舎侍じゃねえのか？」

「あれは……どこかで見た顔ですね」

「どこで見た顔だ？」

「品川の宿場です」

「おおっ、気前のよい水戸訛りの浪人どもか」

あれは昨夜のことだ。

無銭で宿に泊まった六ツ子たちであったが、さすがに豪勢な食事を要求するほどの度胸はなかった。武士として、そこまで図々しくはなれない。

空きっ腹で夜明けを待つ覚悟であったが、隣の部屋で酒宴の気配を察し、芸を披露して酒のおこぼれでも頂戴《ちょうだい》せしめんとした。

酒宴を開いていたのは、厳しい顔つきの武士たちであった。

六ッ子たちは浅ましき了見を見抜かれて叩き出されそうになった。

しかし、ひとりの武士が仲間を抑え、

『騒ぎになっては不味い。好きなだけ呑ませてやれ』

と自分の部屋で飲み食いすることを条件に、酒と肴をふるまってくれたのだ。

「あの者たちは、我らより早く宿を発ったのだったな」

「妙な人たちでしたね。浪人と申していましたが、身なりは整っていましたし、どこかの家中ではないのでしょうかね」

「ともあれ、この場は剣呑じゃ」

「うむ、長居は無用なり」

「直訴！　直訴でござる！」

いきなりの大声に、六ッ子たちは身をすくめた。

橋の手前から、ひとりの武士が飛び出したのだ。

大名行列が止まった。

見物の町人たちも何事かとざわついている。

「ひかえい、狼藉者！　直訴などまかりならぬ！」

「なにとぞ！　なにとぞ！」

井伊家の供頭が駕籠から離れ、狼藉者をとり押さえんと前に出た。

直訴の浪人は、寒さで手がかじかんだのか、捧げ持った訴状をはらりと落した。が、訴状を拾うどころか、すかさず腰の刀に手をやり、鮮やかな抜き打ちで供頭の足もとをはらった。

「ぐお！」

供頭が悲鳴を上げ、膝を屈して倒れるのを待たず、素早く旋回した白刃が拝み打ちで襲いかかった。

たーん！

雪景色に銃声が轟いた。

ぎらっ、と刺朗の眼が輝いた。

「……当たった……！」

「て、鉄炮か？　どこだ？」

その銃声が合図だったのであろう。

道の両脇に控えていた浪人たちが、いっせいに抜刀しながら駆け出した。

襲撃者は十五人ほどにすぎなかったが、井伊家の武士はよもや登城の途上で襲われるとは露ほども思わなかったのであろう。

雪で濡れるのを嫌って刀に柄袋をかぶせ、動きにくい雨合羽まで着込んでいる。それらが刺客への対処を鈍らせ、抜刀にもひどく手間取った。

怒号と悲鳴が交差した。

血がしぶき、真っ白な雪道に紅の彩りを添えた。

町人たちは、蜘蛛の子を散らすように逃げ去っている。江戸っ子の物見高さは天下一だが、引き際も心得たものである。

六ツ子たちは震え上がっていた。

「ひぃっ」「ど、動ずるでないわ」「こ、このようなときこそ、ぶ、武士らしく堂々とだな」「腰が抜けた」「わしもじゃ」「ちょうどよい。このまま這って逃げようぞ」「うむ、そうしよう」

どちらが優勢であろうが、六ツ子たちにはかかわりなきことだ。居残って襲撃の一味と思われてはたまらない。

藁のむしろを深くかぶり直し、四つん這いになって歩いた。剣戟《けんげき》の音が鋭く響き、きぇぇぇぇっ、と人のものとも思えぬ絶叫が耳穴の奥をつんざいた。ぎゅっ、と恐怖で尻の穴がすくむ。

「よいか？　横を覗き見るでないぞ？」

「こ、心得た」

「わしも血を見るのは嫌いじゃ」

呉朗の懐から、ぽろりと勾玉がこぼれ落ちた。

「お、おっと、いけない」

あわてて拾い上げる。

きれいに磨き上げられた極上の勾玉で、兄弟たちもひとつずつ持っている。神子《みこ》の国という隠れ里で入手した長旅での唯一の収穫物だ。いよいよ困窮したとき、売って路銀とするためとっておいたものだった。

「……死の臭い……」

「い、犬です……わたしは犬……犬なんです」

「へへ、わんわんっとくらあ」

四つん這いでは、もどかしいほど前にすすまない。それでも根気よく交互に手足を動かしつづけているうちに、酸鼻な現場の傍らをすり抜けることができた。あとは一寸でも遠く、速やかに立ち去るだけだ。

まだ腰は抜けている。

だが、しだいに四つん這いにも慣れ、すたこらと犬のように駆けた。

三

「……このあたりでよかろう」

橋前の辻からずいぶんと離れ、ようやくひと息ついた。

「したが、身共らも幕臣のはしくれではないか？　譜代大名筆頭である井伊様に加勢せねば、武士の一分が立たぬのではないか？」

「雉朗、それは了見が違う。井伊家の始末は、あくまでも井伊家の家中でつけるべし。我らのような他家の者が出過ぎたことを成せば、それこそ井伊家の面目を潰すようなものではないか？」

「もはや面目は潰れておる」

「左武朗の兄上、なにゆえそのような？」

「わしの見立てでは、浪人衆の勝ちであろう。情けなきは井伊家の家中よ。主が乗った駕籠を置き去りにして、ほとんど遁走したようだ。扶持《ふち》をもらっておきながら、武士の風上にも置けぬ」

「ならば、なおさらだ。しょせん、我らは無役の部屋住み。禄を食んでおるのは父上である。己の尻さえ拭けぬ身で、なんの助太刀か。おこがましいわい。さて、それに……似ていると思わぬか？」

逸朗は、灰色の空を見上げた。

「あの討ち入りも、このような雪の日であったというぞ」

あっ、と碌朗が小さく叫んだ。

「忠臣蔵か」

元禄十五年——主君の遺恨を晴らすべく命を賭して討ち入りを果たし、憎き吉良上野介の首級をあげた赤穂浪士四十七士の仇討ち話は、いまなお痛快にして悲愴なりしと語り継がれ、歌舞伎の演目などで百年以上も不動の人気を誇っている。

「四十七士とまではいかずとも、あれほどの手勢を集めて鉄炮まで用意する周到さ、なまなかなことではなかろう。ことの次第は知らぬが、切腹まで覚悟した武士の仇討ちであったのかもしれぬ」

そこでじゃ、と逸朗は五人の弟たちに告げた。

「我らは、なにも見なかった。よいな？　我らは長きにおよんだ旅で疲れ果てておった。犬の真似をしてしまったのは、久方ぶりに江戸の御城を拝めた喜びと、ふり積もった雪を見たことで童の心に戻っただけなのだ。あの浪士衆の意気をくみとり、その覚悟を無にせぬためにも、我らはあえて虚仮《こけ》となる。見て見ぬふりをする。これが我ら穀潰しの心意気と心得よ」

おおっ、と雉朗はうなった。

「かつて、これほど兄者の戯言が胸に響いたことはないのう」

「たしかに犬は雪と戯れるものじゃ」

「……手と膝が冷たい……」

「いやいや、まさに逸朗兄上の申される通りです」

「合点承知でい」

「ならば……そろそろ人に戻るか？」

「うむ、身共らは犬ではないからのう」

六ツ子たちは、そろりと立ち上がった。

雪に触れて、すっかり手がかじかんでいる。指先が細かく震えていた。膝にも力が入らず、軽く尻を押されただけでも、かくんと崩れそうなほど頼りなかった。が、なんとか腰を伸ばすことはできた。

あとは、胸を張って、威風堂々と立ち去るのみだ。

「……鉄炮で……」

ぼそ、と刺朗がつぶやいた。

「あの音だと短筒か……井伊様は、あの一発で死んでるな」

「刺朗、ふり返るな」

「犬の雪遊びは済んだのだ」

「見て見ぬふりをせい」

「穀潰しの心意気を忘れてはなりません」

「おらっちどもは、ただ通りかかっただけなんだぜ？」

兄弟の言葉は、刺朗の耳に届いていなかった。

「ああ……浪人たちが井伊様の亡骸を駕籠から引きずり出して……」

「ふり返るなというに……」

「あっ……首を……！」

「おい……」

「く、首がどうなったのだ？」

「訊くな訊くな」

「い、いや、はっきりせぬと、かえって気味が悪いではないか？」

「……よし、ならば訊こう」

「大老様の首はどうなった？」

「切られた」

「げえ……」

「碌朗、気をたしかに持て」

「やはり、刺朗に訊くのではなかったのう」

「おおっ、しかも……」

「な、なんだ？」

「刀の切っ先に突き刺して、大老様の生首を掲げ上げたぞ」

後ろのほうから、甲高い叫びが聞こえた。

勝利に昂ぶっているのか、なにを吠え散らしているのか判然としなかったが、おそらくは勝関《かちどき》を挙げているのであろう。

「それで、浪人衆はどうなった？」

「……こちらにむかっておる」

六ッ子たちは慄然とした。

「こ、腰が抜けそうです」

「ならぬ。立つのだ。だが、慌てて走ることもまかりならぬ。走れば目を引くことになり、追いかけてくるやもしれぬ」

「は、走ろうにも、あ、足が震えて走れねえ」

ざっく……ざっく……。

浪人衆は、ある者は足をひきずり、ある者は刀を杖としていた。誰も彼も手傷を負った満身創痍の有り様だ。

ひとり、またひとりと、よろめきながらも通り過ぎていった。

六ッ子たちは、ただ立ちすくむだけである。

――眼を合わせるな……！

しんがりは、大老の生首を手に提げた浪人であった。

ずくっ、と雪に蹴つまずいたように足を止め、じろ、と六ッ子たちを一瞥した。顔と着物を返り血で染め、まさに赤鬼のような恐ろしい形相だ。

「ぶ、武士の本懐……お見事でござった」

とっさに逸朗が口走った。

ふっ、と赤鬼の口元がほころんだ。

「……かたじけなか……」

そして、ふたたび浪士は歩みはじめた。

ほう、と一同が胸をなで下ろす。

また、さらにひとりの男がやってきた。

「あれは……」

「井伊家にも忠義の者がおるようだ」

立派な裃姿の武士である。六ツ子たちには一瞥もくれず、大老の首を持った浪人に最後の力をふり絞って追いすがると刀を抜き――。

ざんっ、と斬りつけた。

「ぐっ……おのれ……」

仲間が斬られたと気付き、三人の浪士が怒りの形相で引き戻るや、井伊家の忠臣をざくざくとなます切りにした。

六ツ子たちは震え上がった。

井伊家の忠臣は動かなくなった。

斬られた浪人は、それでも死ななかった。大老の首を重たげに抱え込み、三人の仲間にかばわれながらすすんでいった。

逸朗は、恐る恐る後ろをふりむいた。

「……もう残っておらぬな？」

「よし、わしらもゆくか」

ようように歩みをはじめた。

ざくり、ざくり、ざくり。

「おい、なにゆえ浪人の後ろをついていくのだ？」

「いや、なんとなく……」

「他の道は遠まわりじゃ」

「行く先の方向が同じなんだから、しかたねえじゃねえかよ」

四

まだ悪夢の幕は下りていない。

日比谷御門を抜けて橋を渡り、六ッ子たちは濠沿いに左へと曲がった。

浪人衆の足取りにあわせ、もどかしいほどゆったりだ。

追い抜こうとすれば追い抜けるのだが、ちょっくらお先にごめんと挨拶できるほど六ッ子たちの胆は太くはなかった。

とはいえ、いつまでも陰惨な道中をつづけたくもない。

「そこの辻を曲がろう」

「それがよいな」

「あ、ふたり曲がっていったぞ」

「無念。先を越されたか」

浪人衆は退路を二手に分けたようだ。

さらに六ッ子たちは牛歩に邁進した。

やがて、ふたりの浪人が曲がった辻に差しかかった。

「真っすぐか、右か……」

牛歩の甲斐あって、右の道に浪士の姿はなかった。

「右か」

「うむ……いや、しばし待て……」

　ふたりの浪士が、どこかの屋敷に潜り込んだのか、それとも突き当たりで曲がったのか、それが気になっているのだ。

「まどろっこしいや。おれっちが、ちょっくら見てくらぁ」

　てて
っ、と碌朗が雪の中を駆けていった。

　突き当たりで、辻の左右をさっと見まわし、てってってっと戻ってきた。

「どうであった？」

「いけねえいけねえ。あっちはだめだぜ。織田様の屋敷前で、ふたりとも腹をかっさばいて御陀仏だ」

「それはいかん」

「南無南無……」

「では、真っすぐしかないな」

　次の辻では、四人ほどが右に曲がっていった。

「右だな」

　真っすぐにいけば、その先に小橋がかかっている。遠藤家の屋敷が正面に見え、せっかちにも門前で割腹している浪人がいたのだ。

悪いことに、遠巻きに人だかりもできはじめていた。

「南無南無」「なむ……」「成仏なされよ……」

遠くで拝んでから、六ッ子たちは右へ足先をむけた。

浪人衆の足跡は、半分ほどが脇坂家の門で消えていた。

ずんと数が減り、それだけ六ッ子たちの気も軽くなる。

「ここまできたら、しまいまで見届けるか」

「まあ、酒と肴の恩もあるしのう」

これも、ほどなく判明した。

肥後熊本藩の屋敷前で、ひと騒ぎあったらしい。浪人たちが細川家の家中によって屋敷へ引き入れられるところを見かけたのだ。

「これでさっぱりしたのう」

「さて、本所へ還るか」

「うははは、何事もなくよかったわい」

何食わぬ顔で、細川家の門前を通り過ぎようとした。

ふたたび門が開いた。

ぎくり、と六ッ子たちの足は止まった。

門から出てきたのは、ひとりの小坊主であった。箒を手に持っている。雪に残った浪人衆の足跡を掃き消すためであろう。

ちら、と六ッ子たちに眼をくれた。

色白の端正な顔立ちで、ひどく澄んだ眼をしていた。

坊主でなければ、さぞや女子に騒がれることであろう。

それだけで、六ッ子たちは怯んだ。

奇態な六ッ子たちに驚くでもなく、小坊主は幕吏の追手ではないと判じたのか、いつもの習慣とばかりに門前を掃き清めはじめる。

六ッ子たちは素知らぬ顔をこしらえて、小坊主の傍らを通った。

しばらく歩くと、門の閉じる音が聞こえた。

刺朗の眼が、ぎら、と輝く。

「……不吉な小坊主なり……！」

「おいおい、ヤなことというね、この子は」

「不吉はおのれだ」

「可愛らしい小坊主だったではないか」

「ほにほに」

ところが——。

じつのところ、この小坊主こそ、刺朗の勘は外れていなかった。のちに佐久間象山を一刀のもとに斬殺して京洛を震撼させた河上彦斎《かわかみげんさい》——希代の人斬りであったのだ。

五

江戸入り早々、ロクでもない目に遭った。

六ツ子たちは心胆ともにぐったりし、這《ほ》う這《ほ》うの体で両国橋を渡ると、ようやく死に神をふり切ったように人心地がついた。

表情も明るくなる。

四十七士に討ち入りされた吉良家の門前で、手を合わせて南無南無と拝む。なんとなしに厄落としも済ませた。

「気のせいかのう……」

「いかがした？」

「このあたりの景色は変わったのではないか？」

「どうであろうな？　おい、どうだ？」

「ふん、浦島太郎を気取りたいだけであろう」

「おい、そうなのか？」

「変わったところで、江戸は江戸ですよ」

「へっ、本所は本所じゃねえかよ」

一歩ごとに、懐かしき我が屋敷に近づいていく。

南割下水を小橋で渡り、長岡町や吉岡町などの岡場所を感涙の眼で眺めた。法恩寺橋で横川を渡ると、あとは水路に沿って北上するだけである。

「それにしても……鈴と安吉め、まだどこかで迷っておるのかのう」

道中の世話役として同行した葛木家の下男と下女のことだ。深山に埋もれた隠れ里ではぐれ、それっきりであった。

「莫迦め。迷ったのは我らじゃ」

「しかり。我らがはぐれたのだ」

「無事であれば、江戸へ引き返しておるはずだ」

「となれば、やはり我らは体よく棄てられたのでは？」

「申すな。それは考えてはならぬ。狸めの計略にハメられたとなれば、我が家の敷居がまたぎにくいではないか」

「たしかに」

「よいな？　何食わぬ顔で、そっと屋敷に帰るのだ」

そして――。

ようやく本所外れの屋敷に還ったのだ。

六ツ子たちは茫然と立ち尽した。

「なんとしたことだ……」

葛木家の屋敷は、田畑に囲まれた百数十坪ほどの拝領地にある。

質素な木戸門を構え、丈の低い垣根があるだけで、わざわざ覗こうとせずとも外からは丸見えであった。

狭い庭先に雪が積もり、ところどころで枯れた雑草が突き出ている。

屋根の瓦はあちこちと割れ落ちていた。

雨戸が外れて縁側に転がり、障子は破れ放題だ。

すわ泥棒か、と色めき立つことも虚しくなるほどの荒れっぷりで、あきらかに人が住んでいる気配が絶えていた。

しかも、屋敷のそこかしこが真っ黒に煤けている。

「まさしく浦島太郎のお伽噺よ」

「狐狸に化かされたか？」

「父上の妖術か？」

「母上かもしれぬ。わしは母上から飴に化かした団栗《どんぐり》を食わされたことがあるぞ」

「莫迦め。左武朗があまりに食い意地を張るゆえ、腹を立てた母上がきな粉をまぶした団栗を飴と偽っただけではないか」

「ああ、おれっちも騙された」

父の主水は天晴れな狸面であり、母の妙は見事な狐顔であった。

まことに似合いの夫婦で、面妖なる六ッ子の親としてもふさわしい胡乱《うろん》さなのだ。

「見よ！　閉門されておるぞ！」

木戸門が斜交《はすか》いした二本の竹で封じられていた。竹は灰色に乾き、脆くなって亀裂まで入り、やはり幾年も経っていることの証左となっていた。

「処されたのか」

「なにゆえ？　罪状は？」

「壁と柱が焦げています。小火《ぼや》でもあったのでしょうか」

「人に化けていたことが役人に知れて、火矢でも放たれたのかのぅ」

「ならば、我らはどうなる？」

父と母がいないとは夢想だにしていなかった。狼狽が収束するどころか、益体《やくたい》もない戯言を投げ合うことで空まわりするばかりであった。

「む？　木戸に、なにか書きつけられておるぞ」

風雨にさらされて墨跡は薄くなっているが、かろうじて読むことができた。

二首の和歌である。

み熊野の　浦の浜木綿
百重なす　心は思へど　直に逢はぬかも

よき人の　よしとよく見て
よしと言ひし　吉野よく見よ　よき人よく見つ

いよいよ六ッ子たちは困惑した。

「熊野に……吉野？」

「町娘より、身共への恋文であろう」

「莫迦め。父上と母上の手跡ではないか」

「うむ、ぽってりと肉厚ながらも、なんとも正体のわからぬ茫洋たる筆遣いは、まさしく父上のものじゃ」

「おう、この胸の奥をえぐって、肋骨の隙間を刺し貫くような鋭い筆の跳ね具合……まさに母上のものぞ」

「だが、なんの判じ物だ？」

「辞世の句か」

「縁起でもない」

「狐狸の夫婦め、山が恋しくなって物見遊山に出かけたか？」

「わからん」

俳句や狂歌ならばともかく、和歌を解する者はひとりもいないのだ。

「紙と筆を見つけて、書き留めておきましょう。捕吏から雲隠れした父上たちの居所を密かに示しているのかもしれません」

「閉門であれば屋敷に入ることもできぬ」

「裏山の社に隠れるか」

「それしかあるまい」

「飯はいかに？」

「夜に畑から拝借しよう」

「うむ、心苦しからず」

「あとは、どうしてかような仕儀になったのか、近くの者に訊ねて――」

「もしや、お困りか？」

ひっ、と六ッ子たちは驚いた。

ふり返ると、陣笠で顔を隠した武士が立っていた。

驚いたのは、荒れ屋敷を見張っていた役人かと疑ったからだが、その男は折り目正しい羽織袴の出立ちをしていた。

町奉行所の同心ではなさそうである。

次に疑ったのは、

――大老を襲った一味か？

これである。

――であれば、凶事の口封じであろう。

からくも虎口を脱したというのに、ここで斬られてはたまらない。しかし、むこうはひとりだ。いっせいに逃げれば逃げられる。いざとなれば、秘技〈六ッ首の大蛇〉をかました隙に――。

「あいや、驚かせてしまったか」

男は顎紐をほどき、陣笠を外した。

「拙者、水戸の脱藩浪士である」

口ぶりは穏やかだが、鋭い眼光を放っていた。

「ダッパン浪士？」

「聞き慣れぬ言葉じゃ」

「ようは浪人ってえことだろ？」

男の眼光が、さらに鋭さを増した。

「浪人ではなく、流浪の志士とでも考えていただきたい」

「ううむ、獅子とは大きくでたものよ」

雉朗が妙に感心してみせた。

微妙な食い違いを察したのか、水戸浪士は怪訝な顔をした。が、すぐに気をとり直し、礼儀正しく頭を垂れた。

「まずは、外桜田御門の前にて我らが同志の義挙を見届けていただいた礼を申し上げる」

やはり、襲撃の一味であったのだ。

「拙者は義挙の見届け人であったのだ。なにゆえか、そなたらが逃げもせずに同志を追っていったのを見かけ、尾けさせてもらった。いや、なに、そなたらが番所に駆け込むと案じたわけではない。ただ、奇妙なる御仁たちであると気になったまでのこと。我らは覚悟の上での義挙であるが、もし関わりのないそなたらにまで幕吏が眼をつけては……それを案じたのだ」

奇妙なる御仁とは、たしかにそうである。

二言もなかった。

だが、六ッ子たちの身を案じたという言葉を丸呑みにすることもできない。それだけであれば、わざわざ本所の外れまで尾けることもない。怪しい者として、住んでいる屋敷を突き止めておきたかったのであろう。

「それにしても、驚き申した。同じ顔が六つ……六ッ子とは、じつに奇態なり。いや、これは無礼なことを。お許しあれ。しかし、お見受けしたところ、なにやらお困りのようだ。これもなにかの御縁。差し出がましいことなれど、お助けできることがあればと声をかけさせていただいた次第にて」

「たしかに、お困りではある」

「さもありましょうな」

なにしろ、生まれ育った屋敷が閉門の憂き目に遭っているのだ。

「どう助けていただけると？」

「ここにいても寒いばかりである。さしあたり、わたしも厄介になっている藩の屋敷へお連れいたそうかと思うが、いかがか？」

「厄介は得意とするところ」

「我らは穀潰しの部屋住みじゃ」

水戸の浪士は、口元をほころばせた。

苦笑いである。

――さて、どうする？

ここで親切を真に受ければ、得体の知れないことに巻き込まれそうな気もしたが、うっかり断っても逃げ切れない不気味さがあった。

「左武朗、いかがした？」

「いや、誰かに見られているような気が……」

「気のせいであろう」

「うむ……」

「いかに？」

と水戸浪士は重ねて訊ねた。

「なあ、飯は出るのかい？」

「むろんのこと」

「では、湯は？」

「お望みとあれば」

「ならば……世話になるか？」

六ツ子たちは、そろってうなずいた。

父と母の行方も気にかかるが、ひとまず飯にはありつけそうであった。

二話　やらかし天狗

一

毛利家の江戸上屋敷であった。

外桜田御門からは眼と鼻の先で、そこへ何食わぬ顔で舞い戻るとは、水戸人の豪胆さには六ッ子たちも呆れるばかりである。

「毛利様とは、桶狭間で今川義元を討ちとった男の子孫か？」

「……二条城で討ち死に……」

「山中鹿之介など尼子十勇士が戦った西国の大名ですよ」

「……上月城の落城で捕われて斬首……」

「刺朗、いちいち不穏な口を挟むでない」

「ともあれよ、東国にとっちゃあ敵方ってえこったな」

「碌朗、軍記物の講談ではないのだ」

「奇特にも我らをかくまってくれるのだ。味方でよかろう」

「毛利家は関ヶ原ではどっちだ？」

「西軍だな」

「なんでえ、負け組じゃねえか」

「昔のことですよ。いまでは周防と長門の二国を領する立派な外様大名。長門に城を構えていることから長州ともいいますが」

「長州なあ……」

東北の国々はうんざりするほど彷徨ったが、西南の方角は六ツ子たちにとって唐天竺にも等しき未知の世界である。

「西軍というからには、ずいぶんと西なのだろう」

「呉朗よ、どれほど西国なのだ？」

「伊勢とどちらが遠い？」

「天子がおわす京の都に近いのか？」

「伊勢や京より、さらに西です」

「おお、もしや宮本武蔵が佐々木小次郎と決闘した巌流島あたりか？」

「源平合戦ならばどの巻だ？」

「壇ノ浦の合戦あたりではないかのう」

「どっちにしたって、野暮と化け物は箱根より先ってもんさ」

「ならば、狸面と狐顔も西におるのかもしれんなあ」

「桃太郎も播磨《はりま》の国の物語ではなかったか」

播磨は大坂のある摂津の国より西である。

「西国か。遠いのう」

「路銀もありませんしねえ」

思い悩んだところでしかたがない。

「江戸に戻ったばかりじゃ。しばし、ここで屋根を借り受けよう」

「飯と酒もな」

水戸浪士は他所で用があるらしく、毛利家で取次の者に六ッ子たちの子細を伝えると忙しなく立ち去ってしまった。

毛利家は懐が深いのか、さしたる詮議もなく六ッ子たちを受け入れた。

驚いたことに、屋敷内には流浪の浪人どもが我が物顔でひしめき、そこかしこで声高に議論を戦わしている。

夷狄《いてき》！　攘夷！　奸賊！　天誅！

誰もが眼を血走らせ、激昂しては唾を飛び散らし、殺伐とした気を総身から湯気のごとく立ち昇らせている。

剣呑である。

六ツ子たちは妙に尻の底が落ち着かず、客人にあてがわれた大部屋の隅で車座の陣形をとって不穏な議論に巻き込まれまいとした。

「だが、水戸の浪士とやらが、なにゆえ長州の大名と縁をむすんでおったのか？」

もっともな左武朗の疑問であった。

答えたのは逸朗だ。

「長州も尊皇の志が篤く、水戸の志士とも交遊があったようだ。とはいえ、表立って大老を弑《しい》した者をかくまうことは叶わず、水戸の義士も毛利様の屋敷には逃げ込めなかったのであろう」

黒船が来航したことは、六ツ子たちでも知っていた。

異人の兵が大勢乗り込み、大砲もたんまりと積んでいるらしい。幕府の脅えること甚だしく、情けなく右往左往するばかりであった。

なにしろ――。

長崎の出島を除けば、二百数十年も天下の国法によって異国との付き合いを閉ざしつづけてきたのだ。

いまさら開きたくもない。

穏便にお帰り願いたい。

日ノ本は引きこもりの安寧を貪りたいのだ。

それは六ッ子たちにもわかる。

切実なる理である。

ところが、異人は武力で威嚇しながら開け開けと強談判だ。黒船で江戸の湾内へと乗り込み、幕府の喉元に砲の筒先を突きつけてきた。

ついに幕府は屈し、要求を受け入れて港を開いた。横浜の港に異人どもがあふれていたのは、そのためであったのだ。

幕府の弱腰に、京の朝廷は激怒した。

勤皇の志士も義憤に燃えた。

とりわけ、勤皇の学問が盛んな水戸の志士たちは、異人嫌いである天子の意を蔑ろにして開国を強行した幕府を苛烈に糾弾し、その首謀者である井伊大老を襲撃するに至ったのであった。

「井伊様は、長き部屋住みの末に大老へと抜擢されたらしいな」

「なんと。穀潰しの先達であったか」

「励まされるのう」

　そこに励まされてどうするというのか……。

「なんでも十四男でありながら、目上の者が亡くなったり寺に入ったりで、世子となったのは三十路を過ぎてからということじゃ」

「部屋住みが長すぎたゆえ、世間の見方が偏狭だったのでは？」

「ほどほどに遊び惚けておれば、心にゆとりもあったはずじゃ」

「歳を経てからの出世は身に毒ですな」

「やはり、我ら部屋住みで大勝利ではないか」

「げに」

「おおっ、身共らは時代の先を歩んでおったのだ！」

　それにしても──。

　義挙に先立ち、水戸の武士は国元へ迷惑を及ばさぬよう藩を抜けた。一介の浪士となり、井伊大老を斬ったのち、深手を負った者は切腹して果て、自首した者たちも処断される運命を潔く受け入れているという。

──義挙のために禄を投げ捨てるとは！

六ツ子たちにとって、どうにも釈然としない境地であった。

「あの義挙には薩州の浪士もおったらしいな。ほれ、井伊大老の首を討ちとって気勢を上げていた浪士よ」

「薩州とは、どこじゃ？」

「九州の端っこのようです」

「田舎じゃ」

「関ヶ原では、どっちだ？」

「西軍ですな」

「なんだ。やはり負け組ではないか」

「水戸様はともあれ、さては負け組でつるんで幕府を転覆せしめんと企んでおるのではあるまいな？」

逸朗が与太を飛ばし、よもやよもや、と五人の弟たちは盛大に笑ったのであった。

そのときは──。

二

「――幕府の奸賊によって投獄され、罪人に貶められて死罪に処された吉田松陰先生は、こうおっしゃられた。『至誠にして動かざる者は未だこれ有らざるなり』と。まことの誠実さを持ちながら、行動を伴わない人は――」

端然と座し、滔々と熱弁をふるうは毛利家の家中である。

桂小五郎という若い男だ。

「心こそ理であり、一体なのだ。心は私欲により曇る。私欲の曇りがなくば、心の本体である良知があらわれよう。心と理が合致するのだ。これぞ知行合一なり。その境地に達すれば、即座に行動すべきだ。さあ、いたずらに時を過ごすことなかれ。目先の安楽は一時しのぎと知れ――」

童顔で小兵ながら、身は俊敏そうに引き締まっている。

白皙《はくせき》の美男であった。

微禄ながら、長州江戸屋敷の学問所〈有備館〉で若者の指導役に任ぜられ、しかも江戸三大道場のひとつに数えられる〈練兵館〉に入門後、わずか一年で免許皆伝を得て塾頭まで務める剣豪でもある。

将来を嘱望された文武両道の俊英だ。

当人の柱が自慢気に語ったわけではない。この屋敷で世話になっている浪士が教えてくれたのだ。

謙虚であり、人望も持っているようだ。

とくれば——。

六ツ子たちにとって、どうにも苦手な相手ということであった。

（……おい、わかるか？）

小声で六ツ子たちはささやきあった。

（うむ、ちと退屈じゃ）

（わしは講談のほうが好みだ）

（三味線や太鼓で合わせれば、どこかの広小路で銭がとれるのでは？）

（寄席じゃあ無理だぜ。せいぜい旦那芸だ）

（だが、熱さは評価に値する）

（人品も良さそうじゃ）

（しかし、眼に狂が宿っておる）

（師を処されて猛っておるのだろう）

吉田松陰とは、かつて毛利家の兵学師範であった男らしい。が、異国を退けるには異国の知識を学ぶべしと黒船への密航を企ててしくじり、伝馬町牢屋敷で刑に処されたのだという。

桂は講義をつづけていた。

「異人は禽獣のごとく清国を陵辱した。中華の古き大国は負けた。異国の武力に屈したのだ。そして、次に狙われるは我が日ノ本である。野蛮なる異人に、この可憐なる国を踏みにじられるわけには――」

「なんと、清の国が！」

六ッ子たちは騒然となった。

「清国といえば、『国性爺合戦』の敵役ではないか」

「おお、鄭成功《ていせいこう》が仕える明国を滅ぼした憎き蛮国か」

「ならば、良い気味じゃ」

「しかし、武によって日ノ本を威嚇するとは異人どもはけしからぬ」

「追い払わねばなるまい」

「いよいよ、身共が英傑となるときがめぐってきたか」

「黒船にゃ、たんまりと大筒があるっていうぜ」

「……撃ってみたい……」

「得体の知れんものは追い払うに限るさ」

「得体が知れれば良いのか？」

「得体を知るには、異国にゆかねばな」

「なるほど。それゆえ、吉田松陰どのは黒船に乗ろうとしたか」

「だが、得体を知ってしまえば、異人を追い払うわけにいかなくなるのでは？」

「いやいや、そうはならぬであろう」

「異人たって、男は男だろうよ。春本のひとつでも放り込んでやりゃあいい。あっちも喜んで、仲良くなれるんじゃねえのか？」

「物見高い町人が、それをやらかしたようです」

「さすが江戸っ子」

「で、どうなった？」

「ぺるりとかいう黒船の大将に幕府方の役人が怒られたそうです」

おほん、と桂は咳払いをした。

「松陰先生は、こうも申された。『今急武備を修め、艦略具はり礮略足らば、則ち宜しく諸侯を封建し、古の盛時の如くにし、北は満洲の地を割き、進取の勢を漸示すべし』

と。しかし、幕府の腰は抜けています。それどころか、異国に脅えることはなはだしく、我ら尊攘の志士を投獄し、愚かしくも日ノ本の行く先を憂える我が師を死に至らしめた」

ようするに、幕府はあてにできない。

ならば、京におわす帝を担ぐまでのこと。

将軍とは、そも朝廷によって認められた武家の棟梁にすぎないのだから、認めるお立場の帝が徳川より下ということはない。

そう。

ないのだ。

あってはならないのだ。

よって、尊皇の志をもって諸国の同志たちを糾合し、必ずや攘夷を成し遂げなければならないのだ――と。

「松陰先生は『身はたとえ武蔵の野辺に朽ちぬとも留め置かまし大和魂』と辞世の句を遺された。天下は万民の天下にあらず、天下はひとりの天下なり。水戸の義士によって、奸賊の井伊は見事に退治された。この義挙を魁とし、我らは草莽《そうもう》崛起《くっき》を――」

講義に退屈し、ひく、ひく、と六対の小鼻が収縮する。

あくびをこらえているのだ。

桂は吐息を漏らした。

どこまで本気で、どこまでが戯言なのか、この激動の時代にこれほど呑気な武士がいるとは信じられないようであった。

のれんに腕押し。

糠に釘。

熱弁のふるい甲斐がないことおびただしい。

ひとかどの攘夷志士とするために教育せんと試みたらしいが、六ツ子たちには尊皇も攘夷もよくわからない。

長い太平の世が生み出した珠玉の莫迦なのだ。

桂は眼を閉じて眉間をもみほぐした。同じ顔が並んでいる様を見つめすぎて、やや眩暈に襲われたらしい。

「ときに、桂先生」

「……なにかね？」

「辞世の句で思い出したのですが、この和歌をご存じか？」

逸朗が、袂から短冊をとり出した。

葛木家の木戸に記されていた二首を書き写したものだ。

「拝見しましょう」

桂は短冊を手にとった。

「どちらも万葉集に収められた歌ですね」

「うむ、万葉集であったか！」

ぱんっ、と雄朗が膝を打った。

『み熊野の――』の詠み人は柿本人麻呂です。『直には逢えなくとも、熊野の浦の浜木綿の葉が幾重にも重なっているように想っています』という意です」

「つまり、別れの歌か？」

「我らは棄てられたのだ！」

「桂先生、『よき人の――』のほうは？」

「詠み人は天武天皇で、『この吉野をよく見るがいい。立派な人が良きところとして、〈吉野〉と名付けたのだから』という意です。天武天皇が六皇子と吉野宮に行幸したとき、兄弟を結束させるために詠んだのでしょう」

「我らに仲良くしろということか？」

「結束とは、いまさらな」

「生まれたときから兄弟じゃからのう」

「雲隠れの言い逃れであろう」

「そうはさせじ」

「ここまで生み育てた責をとってもらわねばならぬ」

「では、追うか？」

「うむ、櫓櫂《ろかい》のおよぶかぎり津々浦々まで追いつめようぞ」

「げにげに」

六ツ子たちは、ここで世話になったついでに、本所の外れからいなくなった親の消息を調べてもらっていた。

しかし、あの屋敷はずいぶん前から廃屋となっていたようで、近所の者に訊ねても葛木主水と妙の行く先はわからないという。

「ところで、あなたたちに報せたいことがあります」

桂は、六ツ子たちに告げた。

「江戸市中に放った密偵の報せによれば、幕吏は井伊を誅殺した義士とともに立ち去った怪しげな六人の行方を捜しているらしい。慎重には慎重を重ねるべきです。そこで、提案なのですが……」

その口元に、ようやく微笑みが浮かんだ。

「ひとまず、水戸で身を隠すのはどうでしょう?」

三

さて、常陸国の水戸藩領内――。

水戸の名物といえば、いまは〈天狗〉が花盛りといえる。

徳川御三家のひとつ水戸徳川家の当主であり、烈しい気性で知られる徳川斉昭《なりあき》公は、ときの老中であった阿部正弘にうそぶいたという。

『江戸では高慢な者を〈天狗〉と呼ぶが、水戸においては義気があり国家に忠誠心のある有志を〈天狗〉と呼ぶのだ』――と。

儒教、国学、神道などを折衷した水戸学は、尊皇思想の濃厚な学問であり、水戸は尊皇攘夷の牙城として燦然と輝いていた。

水戸学に染まった若者たちは、幕府にはばかることなく尊皇攘夷を叫び、その猛々しさから〈天狗〉と呼ばれて民衆に畏怖された。

そして、天狗のような妖怪の大御所が出没するのであれば、ずんと小物である河童ごときが六匹ばかりまろび出たところで不思議はないというものだ。

「お頼み申す。玉造村からきた河童であーる」

総髪の浪人が商家を訪った。

粗末な着物と袴姿で、下駄をはいている。

そして、江戸のなまりがあった。

「て、天狗党で？」

商家の主は、用心しながらも訊ねた。

天狗党とは、水戸の尊皇攘夷派だ。霞ヶ浦の大湖に面した玉造には郷校があり、天狗党玉造組の根城となっている。

このごろは、他国から流れてきた食い詰め浪人までが天狗党を名乗り、商家に無体な強談判をして大金を巻き挙げているのだ。

「いや、河童である」

浪人は、そう言い張った。

たしかに――。

天狗党の輩が身にまとう殺伐とした臭気はない。ぼんやりとした顔立ちで、どこか稚気を残した愛嬌があり、かといって若いと断じ切れない怪しさもある。どちらかといえば、お人好しの風情であった。

「さ、さようで……」

「お疑いか？　お疑いとあれば、皿を廻して進ぜよう」

「さ、皿を……」

主は眼を丸くした。

河童と称した浪人は袂から平皿を恭しくとり出す。腰帯に挟んでいた扇子も抜き、ひょいと先に平皿を乗せて廻しはじめた。

「ほうれ、ほれほれ」

なかなかに器用である。

ひとしきり皿廻しの芸を披露すると、浪人は謹厳な顔をこしらえた。

「見ての通り、玉造の河童であーる」

「さ、さようですか……」

としか言葉の返しようがない。

「河童とは申せ、これでも勤皇の志士である。志はある。志はあれど、河童であるからには懐中に銭がない。そこで、お主ら商家にささやかながら金銭のご用立てをお願いしたいのだ」

「ああ……」

やはり、押し借りにきたのだ。

勤皇志士が、借りた銭を返すはずもない。が、人の良さそうな浪人の顔立ちに、乱暴狼藉はないであろうと主は値踏みした。

「ですが、どうにも……」

穏便にお引きとり願うしかなかった。

「どうにも？」

「河童では、なんとも……」

「さようか」

あっさりと引き下がった。

「ならば、出直すとしよう」

「で、出直す？」

言葉の通りであった。

河童の浪人は、翌日もやってきたのだ。

しかも、二匹に増えていた。

片目を木鐍で隠しているが、まったく同じ顔立ちの――。

「皿を廻して進ぜよう」「おう、進ぜようか」

「ま、廻していただいたところで……」

「借用書も書くぞ」「河童の一筆じゃ。家宝になるのではないか？」

「か、家宝と申されましても……」

「いかんか？」「ならば、また出直すぞ」

「へ、へえ……」

次の日――。

河童は、三匹に増えた。

むさ苦しい髭をたくわえていたが、やはり同じ顔立ちだ。

「さて、皿を廻して進ぜよう」「うむ、進ぜよう」「うはは、河童であることを疑われてはかなわぬからな」

商家の主は茫然と立ち尽し、尻子玉が抜けるような心持ちを味わった。

「また参るぞ」

さらに翌日のことだ。

「ひっ……！」

商家の主は腰を抜かしたのだ。

河童は六匹に増えた。

そっくりの顔で、そろって皿を廻しはじめた。

「ほうれ、ほれほれ」「河童でござる。河童でござるー。常陸国の霞ヶ浦からきた河童にてソーローー」「命より大事な皿を廻そうぞ」「……落せば割れる……」「からららら、からららら」「おらよっと！」

ついに主は音を上げた。

「わ、わかりました。ご用立ていたします。お貸しいたしますとも」

首尾よく小銭をせしめた六ッ子たちは、だらりだらりと玉造への道をたどった。から、ころ、と下駄が鳴る。

「これで我らも尊皇攘夷の獅子じゃな」

雉朗は、鼻息も荒く、大威張りの体であった。胸を張りすぎて、顔が天をむくほど腰が反り返っている。

「芸を見せて稼いだだけでは？」

と呉朗が指摘すると、うむ、と逸朗もうなずいた。

「親への厄介は慣れておるが、他所の家でのタダ飯食いはさすがに心苦しいからのう。これくらいの芸はせねばなるまい」

「肌も墨を塗っておるべきだったかのう？」

「……腐っても武士……かえって天狗党の恥じゃ」

「だから皿を廻したんじゃねえかよ？」

江戸に戻ったばかりだというのに、下総をするりと抜けて常陸の国へと逃げ込むことになってしまった。

かくまわれた先は、天狗党の巣窟となっている玉造郷校だ。

そこで、下村継次という豪傑に紹介された。

下村継次は、神道無念流の達人だ。桂小五郎と同門である。

上席郷士である芹澤家の部屋住みながら、喧嘩に女の無頼三昧を持て余され、分家の下村家へ厄介払いされたという。

下村家は神官の家である。

だが、心身を潔斎して神に仕える生活で無頼の血はおさまらなかった。

やがて、俗世の血腥《ちなまぐさ》い風が鎮守の森にまで届くようになると、継次の荒御魂は矢も盾もたまらなくなった。烏帽子と笏を放り投げ、浄衣も脱ぎ捨てて、天狗党に嬉々として身を投じたのであった。

『下村継次じゃ。話には聞いておったが、たしかに同じ顔が六つ。うむ、面白い。じつに珍妙。うはは、これは愉快だ』

と部屋住み同士のせいか、なぜか六ツ子たちは気に入られ、水戸での世話役を引き受けてくれることになったのだ。

敵も味方も、元は部屋住みばかりだ。

部屋住みの穀潰しが天下を揺るがす時代の到来である。

「ですが、これでよいのでしょうか？」

呉朗は気弱に眉を曇らせた。

芸を見せているとはいえ、やっていることは押し借りなのだ。

「ああ、よいのだ」

「なにゆえ？」

「継次さんに聞いたのだが、水戸学の徒とは、やらかしの徒であるらしい」

「やらかすのか？」

「やらかすらしい」

「是非もなくか？」

「うむ、やらかす」

「なにゆえやらかすのだ？」

「水戸学は陽明学ゆえ……ということらしい」

第二代藩主の徳川光圀《みつくに》公がはじめた『大日本史』編纂事業の副産物として誕生した学問が水戸学なのだという。

光圀公は編纂に携わる有能な学者を招聘し、その中に明国の遺臣として高名な朱舜水もいた。朱舜水は、儒教の一派である陽明学の徒であり、水戸学の思想にも根の深い影響を及ぼすことになった。

「陽明学ゆえ、なんだと？」

「陽明学は、やらかしの学問だからだ」

人の性は善であると陽明学は説く。

ならば、なぜ人は悪を成すのか？

それは俗世にまみれて心に塵が溜まるからだ。

学問の研鑽によって心の塵をはらえば、正しいと思ったことを実践しても間違うということはないのだ――と。

ならば、やらねばなるまい。

やらぬとすれば、それは偽りの正義になる。

だから、やらかさねばならない。

――そういう恐ろしい思想であった。

桂小五郎が、無駄を承知で六ッ子たちに教授した〈知行合一《ちぎょうごういつ》〉も、ざっくり噛み砕けばそういうことであるらしい。

「外桜田御門の前では、見事にやらかしたのぅ」

「ああ、やらかしたな」

「吉田松陰も陽明学に感化されていたと聞くぞ」

「ああ……やらかしましたねえ」

「大坂で叛乱を起こした大塩平八郎も陽明学の徒だ」

「うむ、やらかしたなあ」

「ましてや、水戸人は申すべきなきこと」

「そうか。水戸学ならばしかたがない」

「なにしろ陽明学だからなあ」

「ならば、存分にやらかすか？」

「遠慮はいらぬな」

「盛大にやらかそうぞ」

やらかしたところで、江戸の名物である莫迦六人衆としては、河童の芸に磨きをかけるくらいが関の山であった。

つと、左武朗が足を止めた。

足もとの小石を拾うや、ひゅっ、と素早く投げつける。小石は道端の草むらを突き抜け、苦鳴も返ってこなかった。

何者かが尾けている気がしたが……。

左武朗は、かぶりをふって兄弟たちのあとを追った。

四

六ツ子たちは、翌年になっても常陸の国に居座りつづけていた。

焦ったところで、どうにかなるわけでもない。

住めば都の心意気だ。

流されることには慣れている。

ここは泰然と構えて、天狗党の押し借り稼業を手伝いつつ、呑み食いしながら騒ぐ日々を楽しんでいたのであった。

そんなある日のことだ。

潮来の妓楼で、六ツ子たちは尊攘浪士と宴会を繰り広げていた。

玉造から霞ヶ浦の湖畔沿いに、するするっと下ったところにある港町だ。利根川にも繋がり、水運で景気良く栄えている。

豪商も多く、金策にはもってこいの土地であった。

「お頼み申す！」

妓楼の階下から訪いの声がした。

「どーれ」

と六人そろって階段を降りていった。

ひとりでは動けないのだ。

どどっ、と騒々しい足音とともに駆け降りてきた怪物の姿に度肝を抜かれ、来訪者は眼を剝いて驚倒の叫びを発した。

「め、面妖な！」

初お披露目の〈八ツ首の大蛇〉で座を盛り上げていたところであった。

持ち芸であった〈六ツ首の大蛇〉を発展させ、大蛇の首を竹と紙でふたつ追加したところが新味だ。藁蓑で大蛇の胴体と尻尾もこしらえ、胴体に入った六人がぴたりと息を合わせて首と尻尾を操ることがキモである。

「おお、驚かしてしまったようだ」

「首だけでも脱ぐか」

六ツ子たちは、大蛇のかぶりものを脱いだ。

同じ六つの顔があらわれたことで、

「な、なんと面妖な！」

と、ふたたび来客者はのけ反った。

「面妖かもしれぬが、まあ落ち着け」

「貴殿の持ち芸はなんじゃ？」

「わ、私は芸妓では……」

「男ってなあ、見りゃあわからあ」

「芸なき者を宴の座敷へ通すわけにはいきません」

「宴にきたのではない！」

来訪者は、憤然と眼を怒らせた。

六ッ子たちは困惑した顔を見合わせる。

「では、なにをしにきたのだ？」

「私は、清河八郎という江戸の学者である。下村継次どのにお取り次ぎ願いたい」

清河と名乗った男は、かろうじて気の動揺を立て直したようだ。

学者らしく頭を総髪でまとめ、肌はぬっぺりと生白く、角張った顔には尊大な気位をあらわす高い鼻がそびえていた。

「なんだ、江戸からの客か」

「継次の旦那なら、まだきてねえぜ」

「芸がなければ、せめて江戸のみやげはないのか？」

清河の眼が細められた。

その眼光は鋭く、傲慢な光を宿していた。

六ッ子を莫迦と見抜いたのだ。

「この活殺自在の弁舌がみやげである」

「へっ、そんなもんで腹が膨れるかよ。田舎もんめ」

「それで、なんの御用ですかな？」

清河は、傲然と胸を反らした。

「むろん、天下のことである」

「ほう、天下の……」

「なんと大上段にきたものよ」

「そっくり返っておるぞ」

「偉いのか？」

「学者というからには偉いのであろう」

「私は勤皇の志士として、京の都はおろか九州へと遊説してまわり、数多の公家や有力な武家にお目通りを願ってきたのだ。攘夷を成すに幕府は頼りにならぬ。全国の志士を糾合するためには、天狗党とも共闘せねばならない。そこで、下村継次どのに面会を願うものである」

六ッ子たちは、顔を寄せてささやきを交した。

「弁は立ちそうだが、桂先生のような熱さが足りぬな」

「上っ面で、どうにも薄っぺらいぜ」

「わしらのような莫迦は高尚な理屈では踊れぬからのう」

「三味線すらもったいねえ」

「浅草や上野でも、あれでは銭はとれぬな」

「芸というものを舐めておる」

「ちと腹黒さも匂いますねえ」

小声のつもりが、はっきりと清河の耳に届いている。ぴく、ぴく、と学者然と澄ました顔に癇性な痙攣が小刻みにはしった。

「もうよいわ!」

清河のこめかみに稲妻のような血の管が浮いていた。

「ふん、興が失せた。取り巻きがその程度では、天狗党の下村継次とやらも底が知れたというものよ」

捨て台詞を吐き、清河は立ち去った。

その後ろ姿を凝視し、ぼそり、と刺朗がつぶやく。

「あれは……死ぬな……」

「さて、宴に戻るか?」

「そうだな」

「ああ、まだ火を吹くところまでやってねえからなあ」

五

夜になって、ようやく下村継次は妓楼に姿をあらわした。

「ほう、あの清河八郎がきたのか」

大柄で、堂々たる偉丈夫だ。腕も足も太い。でっぷりとした体軀は貫録の塊である。顔は色白だ。むさ苦しい髭はたくわえず、志士の流行である総髪頭を嫌ってか、武家らしい月代《さかやき》を丁寧に剃っていた。

逸朗が、下村の猪口に酒を注ぎながら訊いた。

「清河某とは旧知でしたか？」

「攘夷志士のあいだでは、少しは聞こえた名であるな」

「むむ……」

「それほど大物でしたか」

「ずいぶん怒らせてしまったが……悪かったかのう」

「なに、かまわぬさ」

豪快に笑い飛ばし、ひらひらと鉄扇をふった。

長さ一尺、重さ三百匁《もんめ》の大鉄扇だ。浪士の護身武器としても重宝され、まともに殴られれば頬骨が粉々に砕けるであろう。それを竹扇のように軽々とふるうとは、凄まじい手首の強さである。

「あの男が、京の公家に顔が利くのはまことだ。が、長州人や薩摩人は、たいして気にもとめておらぬ。清河は庄内藩の郷士だというが、藩の命運を背負って動いておるわけではないのだからな。あれは小才子よ。口先で人を踊らせる策士を気取っておるが、しょせんは弁舌の徒じゃ」

ぐいっ、と下村はひと息で猪口を呑み干した。

すかさず、雉朗が酒を注いだ。

「おう、かたじけない。清河は郷士とはいえ、もとは商家じゃ。そして、芹澤家は、戦国の世では城持ちであった。同じ郷士ながら、まず格が違う」

下村は、またひと息で呑み干す。

間を置かずに左武朗が注いだ。

「城持ちであったとは芹澤家もたいしたものじゃ」

あった、ということは、城を失ったということだ。

戦国の世で、いったい芹澤家がなにをやらかしたのか——さすがに六ッ子たちも追及はしなかった。

「うむ……」

きゅっ、と下村は酒をあおった。

酒豪である。

下村の酒乱は、水戸浪士のあいだで知らぬ者はいなかったが、不思議と六ッ子たちの前では狼藉の酔態を見せることはなかった。

「はて、庄内とはどこであったか？」

「北の……さらに北の方ですかね」

「西から北から、尊攘の志士もご苦労なことじゃのう」

「へっ、なんでえ。銭を積んで成り上がった二本差しかよ。ずいぶんえばってやがったが、半端モンじゃねえか」

「まあ、そう見下げたものでもない」

と下村は苦笑した。

「清河は、北辰一刀流の免許皆伝よ。しかも、幕府の昌平黌《しょうへいこう》で学んだ英俊じゃ。弁も立つが、剣のほうもかなりのものだ」

「免許皆伝……」

左武朗はうなった。

「ならば、面会したほうがよかったのでは？」

「追いかければ、まだ追いつくやも」

「わしも一手指南願いたい」

「やめよ、この撃剣莫迦めが」

「いや、かまわん。清河の本心など知れておる」

「本心？」

「おおかた、〈密勅《みっちょく》〉を誰が持っておるのか探りを入れたかったのであろう」

「……密勅とは？」

六ッ子たちは、思わず息を呑んだ。

「知らぬのか？　おお、そうであった。お主ら、そのころは江戸を離れておったな。では聞かせようか――」

井伊大老の手によって、勤皇志士たちが次々と獄中に繋がれていた時期だ。この大獄事件に心を痛めた朝廷が、水戸藩であれば幕府の非道を止められるのではないかと思し召されて密勅を下賜されたのだという。

それを知った幕府は、勅《みことのり》を朝廷へ返納せよと命じた。

水戸藩では、『密勅を返納すべし』と『渡してはならぬ』で真っ二つに割れ、烈しい対立を引き起こすことになった。

激派は長岡宿に集結して水戸街道を封鎖し、城下では斬り合いが起き、返納反対を訴えた藩士が城内で切腹するなどの混乱があった。

このとき、下村継次も長岡宿へ馳せ参じて天狗党に入ったのだ。

「水戸でそのような騒ぎが……」

六ッ子たちは啞然とした。

いったんは密勅の返納が決まったものの、長岡宿に立て籠もる激派の一部が密かに江戸へとむかい、井伊大老の襲撃を成功させた。おかげで混乱は極まり、かえって返納の問題はうやむやとなったというが――。

「その密勅が、どうなったと？」

「ふ、うふ、ふふ……」

下村が、不気味な笑い声を漏らした。

「じつは、わしが持っておる」

「えっ！」

と声をそろえて六ッ子たちはのけ反った。

「ど、どこに？」

「この鉄扇に仕込んで持ち歩いておるのだ」

下村の眼が悪童のように笑っていた。

「な、ならば……」

「え、ええ、安心ですね」

「いや、それほど安心でもないのだ」

「なにゆえに？」

「殿がお亡くなりになったからだ」

「あ……」

そうなのだ。

徳川斉昭公は、昨年の九月に急逝していた。密勅騒ぎに激怒した幕府によって、永蟄《えいちっ》居《きょ》を命じられていたが、まだ当代藩主は若く、老練な斉昭公は藩内で重鎮としての威光を示していた。

その重鎮が亡くなった。

「そのせいで、藩内では幕府におもねる痴れ者どもが勢いづいておる。我ら尊皇攘夷派への詮議も厳しくなってきたのだ」

おそらく、浪士の狼藉に耐えかねた豪商たちの訴えもあっただろう。

六ッ子たちは身震いした。

「継次の旦那、江戸に逃げたほうが……」

「逃げるつもりなどない」

「なれど……」

「ふ、ふふ、ふふ……『雪霜に　ほどよく色のさきがけて　散りても後に　匂う梅が香』……とでもいった心持ちかのう」

「え……？」

「愉快になってきたではないか。この時勢は止まらぬ。田舎神社の神主でくすぶっておるより、ずんと血が滾るというもの。ああ、こうでなくてはならん。漢にとって、身命を賭すに足る面白き時代になったのだ」

「漢よのう……」

　雉朗が感嘆してうなった。

「なに、投獄もよいものだ。志士となったからには、それくらいのことがなければハクがつかぬ。極楽も地獄も、どちらも味わい尽くす。牢か……暗くて、じめじめとして……うう、辛抱たまらんぞ」

「……わかる……」

「刺朗、屋敷の座敷牢ではないのだぞ」

「そこで、六ッ子の衆よ」

「な、なにか？」

「お主らを見込んで、ひとつ頼みたいことがあるのだ」

下村は、不穏な笑いを浮かべた。


翌月の二十八日。

下村継次は、妓楼の女を芹澤家に連れ込んでいたところを捕吏に踏み込まれ、あえなく投獄されたのであった。

梅も桜も、すでに散っていたが……。

三話　奇人変人鬼人に異人

一

——もはや水戸には居座れぬ。

六ツ子たちは、江戸へ舞い戻ることになった。

下手人が捕まって、大老襲撃のほとぼりは冷めている頃合いであろう。が、念には念を入れて幕吏の眼を避けるが吉であった。

まだしばらく本所の屋敷には寄りつけない。

やはり、長州に飯をたかるしか手はなかった。

桂小五郎は、水戸へ押しつけた穀潰しどもが出戻ったことで、なぜか悩ましげに眉をひそめていた。しかしながら、よほど性根で面倒見がいい男なのか、ふたたび藩邸へ受け入れてくれたのだ。

これで、ひと安心だ。

しかしながら——。

六ツ子たちにとって、ここも安泰の地とはいえまい。

そもそも胡乱な立場である。

親の行方は杳として知れず、幕臣の家族なのか浪人なのか、当の六ツ子たちでさえ定かではなくなっていた。

近々のうちに持て余されるは必定。ことによれば、幕府の密偵かと疑われ、血の気を余らせた粗忽者に斬られるかもしれない。

そんなところへ、ほどなく桂小五郎が京への出向を拝命した。ますます長州の藩邸に居辛くなってしまった。

親の扶持頼りの役立たずである。

穀潰しの玄人であった。

そこで——。

桂小五郎が江戸を発つ前に、九段坂上の練兵館を紹介してもらうことにした。

江戸屈指の剣豪で知られた斎藤弥九郎の道場だ。

なにも神道無念流の門弟となって、神妙に剣の腕を磨くためではなかった。有り余る暇を潰すためなのである。

遊ぶ銭がないからだ。

玉造郷校に居座っていたころの野放図な宴会の日々が懐かしく、広小路や境内で大道芸などをして目立つことも憚られた。

朝になれば、九段坂上まで道草をしながらそぞろ歩き、道場の片隅で寝転がってだらだらと無為に過ごした。

陽が落ちれば、長州の藩邸に戻って寝るだけだ。

練兵館には勤皇の志士が多い。

水戸の天狗と交遊があり、神道無念流の同門である下村継次と肝胆相照らす仲であったと目立ちたがりの雉朗が調子よく吹聴したせいで、なんとなく一目置かれて束の間の安寧を得ることができたのであった。

そして、ある日のことだ。

道場からは、盛んに竹刀を撃ち合う音が響いている。

六ツ子たちは、すでに我が家のごとく馴染んだ練兵館の厨《くりや》へ潜り込み、おひつから直に冷や飯をよそって食べていた。

「ときに、兄上……」

「なんだ？」

「それをどうするのだ？」

雉朗が、逸朗の腰へ顎をしゃくった。

「うむ……腰が重いな……」

逸朗の帯には、下村継次から預けられた大鉄扇が挟まれていた。

真剣ほどではないが、それでも鉄なのだ。竹光に慣れ切った腰には、ずっしりと重い。

なにしろ三百匁はある。鉄扇は護身の武具にもなるが、刀の重さに手を慣らす道具でもあるのだ。

ふん、と左武朗が鼻を鳴らした。

「兄者よ、そういうことではないわ」

「うむ……歩くのに邪魔でのう……」

その気になれば、いくらでも饒舌になれる逸朗の口先ではあったが、江戸に戻ってからはすこぶる歯切れが悪かった。

戯言で乗り切れるほど甘い時勢ではないのだ。

かつて、退屈凌ぎに乱世を夢想したことはある。

——だが、本当に世が乱れてどうする？

密勅を仕込んだ鉄扇など、火口のついた爆薬を身に帯びているようなものだ。呪いの道具である。うっかり藩邸に置いておくこともできず、持ち歩くだけでも精根をすり減らしてしまう。

「宝の持ち腐れじゃ」

と刺朗が薄笑いを浮かべ、

「いっそ捨ててしまうというのは？」

と呉朗が、もっともなことを述べた。

逸朗は気弱にかぶりをふる。

「怖れ多くも朝廷から賜った勅が仕込まれてるのだ。粗末に扱えば、下村さんにも怒られるではないか」

かー、と碌朗が天井を仰いだ。

「継次の旦那ぁ、無事に獄から出られるのかねえ」

「処されたという噂も流れてきませんが」

「そのあたりが、はっきりするまではなあ」

「ならば、どうするのだ？」

「うーむ……」

どうにもならぬことは、どうにもならぬのだ。

烈しい時勢の渦に粛々と流されるのみである。

「おーい、おらんかー」

間延びした訪いの声が聞こえた。

すわ、と六ッ子たちは腰を浮かした。盗み食いが露見する前に、素早く退散しなければならなかった。

「桂さん、おらんがかー。おらんのならー、ちゃんと返事せえ。おーい、返事がなかったら、ちくと怒るぜよー」

野放図な言い草に、六ッ子たちは苦笑した。

外来の客であろうか。ならば、道場に用事があるはずだ。

やがて、当人がのっそりと厨に姿をあらわした。

「おーい、龍馬がきたぜよー」

縮れた髪を雑に束ねた薄汚い大男であった。

顔は色黒で、背丈は六尺に少し足りないほどだ。羽二重の紋付羽織に縞の小倉袴を身につけ、腰には大小を帯びている。撫で肩をだらりと左に傾けた姿勢は、いかにも無精そうであった。

「や、飯か」

龍馬と名乗った大男は、無邪気に眼を輝かせた。

「お客人、道場はあちらじゃ」

「飯の炊けた匂いにつられての、ついふらふらと足がむいたようじゃ」

「冷や飯に炊けた匂いなどあるものか」

「飯をたかりにまいったのだろう」

「まあまあ、わかっちゅうわかっちゅうき」

なにがわかったというのか、むさ苦しい大男は六ツ子たちの円座にするりと割り込み、
勝手に冷や飯をよそって一心不乱にかきこみはじめた。

「茶をもらえんか？」

「水ならある」

「それでええ。くれくれ」

悪びれない様子に、さすがの六ツ子たちも呆れた。

「ひどいなまりじゃのう」

「おう、土佐の郷士よ」

「道場で見たことのない顔だが？」

「ああ、練兵館の門弟ではないからのう」

「では、どこの？」

「桶町の千葉道場じゃ」

千葉道場は北辰一刀流だ。

斉藤道場と同じく、やはり江戸三大道場のひとつに数えられる。

「むう、道場破りか！」

左武朗が木刀を手にいきり立った。

ちゃ、ちゃ、と大男は手をふった。

「わしは桂の剣友じゃ。なあ、おるがやろ？　土佐から坂本家の龍馬がきたと伝えてくれ。土佐を脱藩してきたぜよ。ほかほかじゃ。江戸に入ったばかりで、しばらく千葉道場で世話んなることになったぜよ。今日は、その挨拶じゃ」

「桂先生なら、京にゆかれたぞ」

「なんちゃ。入れ違ったかよ」

坂本龍馬はがっかりして、膨れた腹をさすりながら立ち上がった。

「なら、帰るぜよ」

「待たれい、坂本どの」

左武朗が声をかけた。

「ん？　なんじゃ？」

「せっかく道場に訪われたのだ。ぜひ一手ご指南をば」

左武朗は、もとより撃剣莫迦である。

剣の天賦はあるものの、力任せに竹刀をふりまわすばかりで、稽古相手は怪我が絶えず、通っていた町道場を追い出されたことがある。

そのため、世話になっている練兵館での稽古を自制していたが、竹刀を撃ち合う音に身悶えするほど撃剣に餓えていたのだ。

撃剣莫迦の勘が、この脱藩浪人はなかなかの腕だと告げている。しかも、練兵館の門弟ではなく、練兵館では他流仕合を禁じてはいない。互いに怪我をしたところで、どうということもないはずだ。

「面倒じゃのう」

視力が悪いのか、坂本龍馬は眼をすがめて六ツ子たちを見まわした。

「なんと、おんなし顔じゃ！」

いまさら気付いたようだ。

「ほうほう、面白いのう。これは驚きじゃ。暇か？　なあ、暇じゃろ？　なら、おいちゃんと遊びにゆこう。なあ？」

六ツ子たちは、そろって顔をしかめた。

「ぜひ一手……」

「あとじゃあとじゃ」

「遊ぶにも銭がのう」

「安心せい。飯くらい、むこうで出してくれよう」

坂本は気安く請け負った。

「むこう？」

「うむ、ならば……」

「ゆくか？」

はたして、そういうことになった。

二

「べらんめえ。おう、よぉく聞きやがれ。こちとら承知の上で、てめえらを座敷にあげてんだ。尊皇かぶれの腐れ志士め、とっとと正体を現しな。ほれ、おいらを斬りにきたんだろ？　ええ？」

その小男は、威勢よく啖呵《たんか》をきった。

眼を血走らせ、凄みのある笑みを浮かべている。

町人のように伝法《でんぽう》な言葉をぽんぽん飛ばしているが、千石取りで軍艦奉行並の職をたまわり、老中にも献策できる幕府の要人である。

勝麟太郎という旗本であった。

「おうさ、異国びいきの朝敵を斬りにきたぜよ」

坂本は素直に答えた。

げっ、と六ツ子たちは鼻水を噴いた。

赤坂元氷川にある勝家の屋敷まで、タダ飯を喰らわんと欲してついてきただけであったが、またもや凶行沙汰に巻き込まれそうであった。

「てやんでえ、べらぼうめえ！」

勝海舟は、嬉しそうに笑った。

「こちとら、直心影流の免許皆伝でい。むざむざと斬られやしねえよ。いいぜ？　やってみな？　斬れるもんだったらよ？」

　ははっ、と坂本も笑った。

「わしも北辰一刀流じゃき。あんたも免許皆伝とあれば、遠慮のう斬れるぜよ」

「そうこなくちゃいけねえ、べらぼうめ！」

　ずん、と客間に殺気が満ちてきた。

　勝も坂本も、座したままで刀を身に引き寄せている。

　六ッ子たちは震え上がるばかりだ。

　坂本の茫洋とした顔つきに騙された。天誅を成すために、ふらりと敵陣へ乗り込むほどの莫迦であったのだ。

　警護の者も置かず、浪人を屋敷に迎え入れた勝の鷹揚さにも騙された。初手から喧嘩腰でやりあうつもりの莫迦であった。

　このふたり、どうかしている。

「時勢は幕府の側にあらずじゃき。朝廷を蔑ろにして日ノ本は成り立たん。幕府は帝との約定を守り即座に攘夷を成すべきじゃ」

「おうおう、こちとら亜米利加《アメリカ》を見てきたんだぜ？　あんなでっけえ国と喧嘩するなんざ莫迦も莫迦。呆れ果てた大莫迦よ。まず国でも港でも開いて、敵の知識を取り込むのが先ってもんだ」

「ちまちまやっとる間に、異人に支配されたらどうするんじゃ？　どかーん、といかんでどうするがかよ。だーん、どがーん、で一気呵成に夷狄を打ち払うんじゃ」

「ばあろい！　あの地球儀を見やがれ。あれが世界だってんだ。日ノ本なんざ、そこのシミみてえなもんさ。だがな、おいらは、これを廻してえんだよ」

「せからしか！　んな大法螺で異国に勝てるちゅうがか？　ああ？」

唾を飛ばし合っての応酬だ。

いつ白刃が降ってくるかわからない。六ッ子たちは、とばっちりを避けるため、ずりずりと座敷の隅まで膝を後退させた。

そこで珍しいものを見つけてしまった。

「これはなんじゃ？」

「ははあ、地球儀というものではありませんか？」

「ちきゅうぎ？」

「ええ、なんでも世界は丸い球の形をしているとかで、これはそれを模型にして、国々の地図を記したものです」

「なんと、これが世界か？」

「呉朗、日ノ本はどこじゃ？」

「さて、わたしも本物を拝見するのは初めてで……」

「日ノ本がシミとかであれば、世界とは大きなものよのう」

「なんでえ、こいつを廻せばいいってのか？」

「おお、廻すのは得意だ」

「ならば廻して進ぜよう」

「まずは、この球を台から外さねばなるまい」

ああだこうだといじりまわした揚げ句、球体の地図を外すことに成功した。

「おう、投げてくんな」

「よしきた」

寝転がった硂朗へ、ほいっ、と逸朗が球体を放り投げると、あらよっ、と硂朗が両足の裏で見事に受け止める。

「ほいっ、ほいさっ、ほいっ、ほいよっ」

くるくると地球を廻しはじめた。

深川の足技師から習った大道芸である。

「硂朗め、やるではないか」

「面白そうじゃ。わしにもやらせよ」

刃傷沙汰の危機をすっかり忘れて、やいのやいのと盛り上がる六ッ子たちを、勝と坂本は毒気を抜かれた顔で眺めた。

「あいつらぁ、なんだ？」

「はあ」

「おい、まったく、似たようなツラをずらりと並べやがって。ありゃあ、分身の術ってやつか？　いや、待てよ。あの顔は、どこかで見たような……おお、いけねえ、眩暈がしてきやがった」

「練兵館の食客らしくて、暇そうにしておったんで、ちっとは助けになるかと連れてきたのですがなあ」

「とんだ助太刀じゃねえかよ」

くくっ、と勝は喉を鳴らした。

「おめえさん、坂本とかいったな？」

「はい。おっと、春嶽侯からの紹介状がここに」

懐に手を突っ込んで、ごそごそと探りはじめた。

「春嶽侯の？」

越前国の藩主、松平慶永《よしなが》の号である。

「ばあろい！　先にそれを出しやがれってんだ！」

「ははっ、申し訳も」

坂本は人好きのする笑顔を見せた。

勝は苦笑した。

どうやら、喧嘩をふっかけるふりをして、軍艦奉行並の器量を見定めようとしたのだと気付いたのだ。

「とにかく、あれだ。客人は客人だ。酒でも出してやるかよ」

六ッ子たちは耳聡かった。

「酒ですと？」

「じつは、それを待っておりました」

「宴会芸ならば、我らにお任せを」

酒と肴が運ばれて、賑やかな大宴会となった。

「がはは、てめえら、気に入ったぜ。ええ？　おい、おいら、神戸で軍艦の操練所をやることになってんだがよ。なあ、どうでえ？　てめえら、みんなまとめて幕府の海軍に入ってみるかい？」

「ほお、そりゃええのぅ。いずれは黒船を手に入れて、商いでばーんと儲けて、大砲をたんまり買って、異人をどーんと打ち払いたいもんじゃき。勝さん……いや、勝先生、よろしく頼むぜよ」

坂本は調子よく頭を下げた。

六ツ子たちも、ひさしぶりの酒に気分良く酔っている。

「海か……」

「黒船か……」

「でっかい夢じゃのぅ」

「銭の匂いがしますなあ」

「勝の殿様ぁ、なんとも粋な江戸っ子ぶりじゃねえか。気に入ったぜ」

「うむ、法螺話なら、おれも大の得意だ」

「よもや、わしらの上をゆく大莫迦がふたりもいようとはのぅ」

坂本は、からりと笑った。

「わしは莫迦じゃないき。阿呆じゃき」

三

「――道場破りすべし」

左武朗は猛っていた。

勝麟太郎と坂本龍馬の剣気にあてられて、撃剣莫迦の血が沸騰して滾り千切って、おさまりがつかなくなったようだ。

他の兄弟たちにも、もはや抑えることはできない。

――やむなし……。

とはいえ、江戸の三大道場で暴れてもらっては大いに困る。日頃から世話をかけている練兵館に迷惑はかけられないからだ。

そこへ、

「試衛館という貧乏道場が牛込にあるようです」

と呉朗がどこからか話を拾ってきた。

すかさず左武朗は訊いた。

「流派は？」

「天然理心流だとか」

「聞かぬ流派じゃ」

「多摩の田舎剣法だそうで」

「うむ、腹ごなしにはちょうどよいかのう」

さっそく、六ツ子たちは出かけることになった。


練兵館がある九段坂上から、市谷御門をくぐって外濠を渡り、しばらく北西へだらだらと歩いたところに試衛館はあった。

まわりに寺が多い。

小禄の武士などが住む長屋もそこかしこに軒を並べていた。

陰気で、ぱっとせず、しょぼくれた一角だ。


「頼も―!」

左武朗は、どら声を張り上げた。

左武朗の訪いに応えるように、

「どあらぁぁぁぁぁぁぁっ!」

木板の壁をぶち抜いて、稽古着の男が道場の外へと転がり出てきた。

天然理心流の門弟なのだろう。

稽古の当たりが強かったのか、悶絶して立ち上がることもできない。裏返った蛙のごとく四肢をひくひくと痙攣させていた。

六ッ子たちは、ごくり、と生唾を飲み込んだ。

「……鬼の巣窟じゃ……」

刺朗のつぶやきに、兄弟たちは怖気をふるった。

帰りたい。帰ろうぜ。

互いに声もなく訴えかけた。

左武朗だけが眼を輝かせている。

「こうでなくてはな」

頼もー、と声高に繰り返し、ずんと道場に踏み込んだ。

「おう、なんでえ！」

「やんのか、ごら！」

「おう、道場破りか！」

「いい度胸じゃねえか！」

稽古着の男どもが、ぞろりと出迎えてきた。濃厚な殺気を立ち昇らせ、手に手にささくれ立った木刀を構えている。

やくざの出入りさながらだ。

試衛館の男たちは、擦り切れた稽古着を身につけている。顔立ちは朴訥で、刀より農具が似合いそうな手合ばかりではあったが、その眼は一様に野獣のような強い精気を放っていた。

きゅぅん、と兄弟たちは尻尾を巻き——。

左武朗は、にっかりと笑った。

「一手、ご指南を願いたし」

「おう、いいとも。——誰が相手をする?」

えらの張った総髪の男が、門弟たちに顎をしゃくった。

道場主であろう。

顔はいかつく、人を喰らいそうなほど口が大きい。貫録にどっしりと重みがあり、ひときわ筋骨が逞しかった。

「おれがやりましょう」

若い門弟が、ずいと前に出てきた。

木刀を肩に担ぎ、軽やかな足どりである。背が高く、胸板は薄く痩せているが、鍛えの入った鋼のように身が引き締まっていた。

武家の出らしく、月代を剃っている。

浅黒く日焼けした顔に、白い前歯が目立っていた。

「刺朗はどこだ？」

「む、逃げおったか……」

蒼白な顔で逸朗と雉朗がささやき合った。

他の兄弟たちは、試衛館の門弟たちにとり囲まれているのだ。出口も塞がれ、もはや五体満足で帰れそうにはなかった。

ふたりの剣士は睨み合っていた。

「拙者、葛木左武朗と申す一介の武芸者なり」

左武朗が腰の木刀を抜き、すぅ、と正眼に構えた。

「沖田総司だ」

若い門弟は、木刀の先で招いた。

「――参る！」

だっ、と左武朗は踏み込んだ。

沖田と名乗った門弟は、するすると滑らかに退く。

そのときであった。

左武朗の後ろにまわった門弟が、えいやっ、と襲いかかった。騙し討ちだ。ごつっ、と左武朗の頭に木刀があたった。

「ひ、卑怯なり！」

「撃剣に卑怯などない！」

道場主は哄笑した。

「ふん、軟弱な剣客気取りの小僧めが。剣術は踊りではないのだ。野暮であろうが田舎臭かろうが、ようは勝てば良いのだ。試衛館は実戦本意の剣法である。だから、強い。強いのだ！」

左武朗は必死に木刀をふりまわした。

が、敵は三方から襲ってくる。

前をむけば後ろから、後ろをむけば左右から木刀が降ってきた。

「くはははははっ！　なんぞ講武所！　幕府お抱えの教授方など糞喰らえじゃ！」

道場主は、なぜか猛り狂っている。

「これは……」

「よもや、なにかの逆恨みでは？」

「そのようじゃのう」

逸朗たちは戦慄した。

　助太刀しようにも、腰の刀は竹光である。下手に逆らって、こちらまでとばっちりがきてはたまらない。

「おう、腕の一本も折ってやれ！　うちの道場で引き分けになったと、あとでふざけたことを吹聴させねえようにな！」

　とんでもないことになった。

　しかし、天は六ッ子たちを見捨てなかったようだ。

「おや、なんだ？」

「うむ、煙いぞ？」

「おお、煙じゃ！　火事じゃ！」

　板壁の隙間から、もうもうと白煙が流れ込んでいる。

　門弟たちは大騒ぎとなった。

　その隙に、六ッ子たちは迅速に動いた。

　頭から血を流して赤達磨と化した左武朗を引きずって、からくも道場から抜け出すことができたのであった。

「こっちじゃ！　逃げるぞ！」

どこに隠れていたのか、刺朗が道場の裏手から飛び出した。

「刺朗よ、おまえが付け火をしたのか?」

雉朗が脅えた顔で訊いた。

江戸市中での放火は死罪と決まっている。

否、と刺朗はかぶりをふった。

「猫の声がしたので、裏手にまわったのだ」

そこで、サンマが七輪で焼かれていたという。厠にでもいったのか、焼いている者の姿はなかったらしい。

そのとき、道場から左武朗の悲鳴が聞こえ、とっさにサンマの煙を流したのだという。

「ともあれ、お手柄じゃ」

風を巻いて颯爽と退散した。

四

撃剣莫迦も懲りたのか、しばらくは練兵館に通うこともせず、長州藩の上屋敷で兄弟たちとおとなしくしていた。

他家での居候も堂にいってきたところだ。

中間の真似事をしたり、厨から膳を運んだり、掃除の手伝いもやった。

毛利家でも国元から家臣の入れ替わりがあり、六ッ子たちが居座った経緯を知らない者も増えていた。

おかげで、古顔気取りで差配することさえあった。

いつも忙しくしていたわけでもない。

六人そろわなければ、奇態な顔というわけでもないのだ。ひとりが働き、残りの五人は部屋で無為に過ごしていた。部屋住みの玄人だけに、のんべんだらりとした引きこもりには慣れている。

明日のことなど知らぬ。

今日の飯だけが心配なのだ。

だがしかし、六ッ子たちの寧日を嘲笑うかのごとく、時代はますます激動を増していくのであった。

「各々方よー！　異人を斬りたいかー！」

「うおぉぉぉぉぉぉっ！」

志士たちが騒々しく気勢を上げている。

くわっと瞠った眼が逝っていた。

脳を沸騰させ、なにか悪い汁をあふれさせている。

無理もない。

年明けに、またもや水戸の浪士がやらかした。江戸城の坂下御門の外で、さる老中に斬りかかったのだ。

ただし、老中は怪我を負うに留まった。天誅を決行した水戸浪士ら六人も変名を使っていたため、水戸藩へのおとがめはなく、それだけに市中へ与えた衝撃もさほどのことではなかった。

さらに――。

攘夷の急先鋒であった水戸藩は、徳川斉昭公の死去によって後退しつつあったが、いまや長州藩と肩を並べて尊皇志士たちの期待を集める薩摩藩が重大な事件を引き起こしてしまった。

やらかしの舞台は、生麦村という変哲もない村だ。

神奈川宿の手前だ。

薩摩藩の大名行列に、英国の商人たちが騎馬で横切るという無礼をなしたことで激昂した供回りの薩摩人が斬りかかったのだ。

英国人のひとりは慚死し、ふたりが重傷を負った。

これに激怒した英国は幕府に詰め寄って、薩摩の下手人を差し出すように厳しく要請したが、薩摩藩一行はそよ風が吹いたほどにも気にせず、威風堂々と京へむかったのだというのである。

痛快事である！

攘夷志士たちは発奮した。

――このまま江戸にいたところで、回天の業はならぬのではないか？

京の都では、天誅の嵐が吹き荒れているという。

――我も異人を襲撃せん！　奸賊を天誅せん！

次々と江戸を見限り、志士たちは京へと旅立っていった。

そんなこんなで――。

ぐつぐつと日ノ本という大鍋が煮えたぎってきた年の暮れに、六ッ子たちは長州人の高杉晋作と出逢ったのであった。

「高杉さん、清国が異人に征服されておるとはまことか？」

昼から酒を酌み交わしながら、逸朗が訊ねた。

きひゃひゃっ、と高杉は笑った。

「ああ、ああ、まことさ。まことのことよ。おれは上海を見てきたのだ。異人の武威に屈服し、清国人に、もはや尊厳などない」

奇矯な男である。

面長で目尻が怜悧に切れ上がり、仕立ての良い羽織をぞろりと着崩して、どこか武士の枠からハミ出した風狂の体を醸していた。

「身共と同じ傾奇者の匂いがするわい」

派手好きの雉朗とは気が合うようであった。

「上海だけではない。多くの港を強行に開かれ、貿易では首根っこを押さえられておる。農民一揆も起きておるが、内乱の始末さえ異国の軍兵や武器に頼る情けなさよ。嘆かわしく、憤懣やる方なし。だからこそ、可憐な日ノ本の国を同じ目に遭わせるわけにはいかんのだ。そうではないか？」

日ノ本でも、異人による蛮行はひきもきらない。

オールコックという英国人などは、異邦人の身で富士の山へと登り、英国の旗を霊峰の山頂に掲げたばかりか、嬉々として短筒を撃ち鳴らし、酒盛りでどんちゃん騒ぎまでやらかしたという。

「許せん！」

「わしらですら富士詣りをしておらぬというのに！」

「しかも宴会までやらかすとは！」

許し難く、斬られても仕方がない愚行である。

「うむ、やはり攘夷かのう」

「打ち払わにゃならんかあ」

「困ったのう」

六ッ子たちは腕を組んでうなった。

眉間にシワを刻み、天下を憂えている――そんな体をとり繕った。浪士たちと交わるうちに、だいぶさまになってきた顔だ。

おい、と高杉が鋭く声をかけた。

「男子が困ったと気安く口にするべきではない。断じて困らぬという気概あれば、必ず道はつくものだ。困ったというときは死ぬときと心得よ。死すべきときに死し、生くべきときに生くるは英雄豪傑の成すところである」

なるほど、と六ッ子たちはうなずく。

「英雄豪傑であるか。なれば、身共も成すところであろう」

なぜか雉朗が胸を張った。

高杉も力強くうなずいた。

「そうだ。英雄の死すべきとき必ずや来る」

「いや、死までは……」

「なんぞ、およそ英雄というものは、変なきときは役立たずであり、蔑まれて地に潜り、いざ変あるときにおよぶや龍のごとくにふるまわねば……おおう、つまらんぞ。まったく、面白うない」

高杉は、ずいぶんと酔っていた。

しかと眼が据わっている。

「この世はつまらんのう。そう思わぬか?」

六ツ子たちは顔を見合わせた。

「いや、つまらんと思うたことはないな。あるか?」

「ないな」

「……呪うたことはある……」

「ですが、銭がないのは首がないのと同じですなあ」

「銭がなくとも、あれこれできよう」

「ま、遊びは工夫次第ってこった」

「おもしろくなければ、おもしろくすればよいのだ」

「ほう、なるほど……のう」

天井を見上げ、高杉は眼を閉じた。

「おもしろき、こともなき世をおもしろく……」

そして、ひゃっひゃっ、と笑った。

「よぅし、お主らもついてこい」

「どこへ？」

「御殿山じゃ。おもしろきことをしにゆこうぞ」

「おもしろい？」

「おお、それは得意じゃ」

「ゆこう」

「やらかそうぞ」

ぽとりと人間に生まれ落ちたからには、目先の欲や、浅はかな思い込みや、愚かな行いから逃るること甚だ困難を極める。

莫迦であれば、なおさらだ。

ゆえに――。
懲りもせず、毎度とんでもないめに遭うのであった。

五

品川の御殿山を背に、六ッ子たちは遁走していた。

「うはは、燃えた燃えた」

「逃げよ逃げよ」

たったいま、英国公使館を延焼させてきたのだ。

「高杉様はおもしろい御仁だが、こちらの身がもたぬな」

「とんだ食わせ者じゃ！」

「坂本さんもですが、西国の武士はどうかしていますね」

「するってえと、西へゆけばゆくほど野蛮になるってえのか？」

「大老の首を斬ったのも薩州の志士だったたな」

「薩摩人を道で見かけたら、ケツまくって逃げなくてはなるまい」

「しかり」

「むべなるかな」

生麦村の異人斬りに昂揚した高杉晋作は、長州の同志たちと武州金澤で遊ぶ外国公使を刺殺せんと張り切っていたらしい。が、これは長州藩の世子に漏れ伝わり、ことを起こす前に謹慎を命ぜられてしまった。

しかし、高杉の激情はおさまらない。

謹慎が解けるや雷電のごとく動き、異国打ち払いに弱腰な幕府に抗議すると称して、十人余りの同志と御殿山を襲ったのだ。

六ツ子たちは、これに巻き込まれたのである。

英国公使館は、じつは二度にわたって攘夷浪士の襲撃をうけている。

一度目は高輪の東禅寺でのことで、警護にあたった武士と攘夷浪士との双方に死傷者が出たという。

英国人は不安をかきたてられ、幕府に依頼して御殿山に公使館を新設させていたが、ほぼ完成していたところを焼かれることになった。

高杉は、奇矯にして周到である。公使館に手際良く付け火をするや、さくっと引き上げた。が、六ツ子たちは、あたふたする間に退散となり、その途中で高杉晋作たちとはぐれてしまったのだ。

「しかし、これが攘夷なのか？」

「わからぬ」

「もしかして、わしらはとんでもなく悪いことをしとるのかもしれん」

「そうかもしれん」

「だが、攘夷のためだ」

「……かもしれん」

「尊皇のためだ」

「そうかのう……」

「日ノ本のためである」

「……そうかのう……」

どうにも釈然としない。

だが、やらかしたことはしかたがない。どこかへ逃げなければならないが、長州の上屋敷に戻る気にはなれなかった。

ひとまず、練兵館へと退避することにした。

六

「おう、久しいのう」

練兵館で、懐かしい顔と再会した。

夜である。

門弟が帰った道場で大あぐらをかき、年暮れの厳しい寒気を紛らわすためか、大徳利を持ち込んできこしめしていた。

「下村さん！」

「継次の旦那ぁ」

玉造の大天狗だ。

下村継次は、相変わらずの偉丈夫であった。長い牢獄暮らしのせいか、色白の顔がさらに青白くなり、わずかに頬も削げている。牢獄惚けが抜けていないのか、ぼんやりと虚ろな眼をしていた。

「いや、もう下村継次ではない。芹澤鴨と改名したのだ」

「芹澤家に戻られたと？」

「そういうわけでもないがな」

「継次の……いんや、鴨の旦那ぁ、ちぃとばかり様子が変わったか？」

「面相もやつれておるような」

「よほど牢獄の飯が不味かったのであろう」

「……死……」

「刺朗、やめい」

「んん……わしは変わったか？」

「変わったといえば変わったような」

「そうか……」

下村継次こと芹澤鴨は、つるりと己の顔を撫でると、くくっ、とひさしぶりに笑い方を思い出したように喉を鳴らした。

「お主らは相変わらずよの。ほっとするわい」

「ともあれ、無事に釈放されたのですな」

「めでたい」

「お祝いをしなくては」

「うむ……」

芹澤鴨はうなずき、大徳利を直呑みであおった。

ぐび、ぐび、と喉仏を野蛮に上下させ、ぷしゅるると酒臭い息を吐く。眼の奥に、なにやら不穏な気が凝《こご》っている。

たしかに、どこか前とはちがう。

「水戸では、ようやく攘夷志士の粛正に歯止めがかかってのう。わしは楽観しておったが、危うく梟首《きょうしゅ》になるところであった。だが、無事に牢から出ることが叶ったのは、なんと命冥加なことよ」

だが、水戸藩は玉造に留まることまでは許さなかったのだろう。芹澤は逐われるように江戸へ出てきたのだ。

頼る先は、かつて剣を学んだ練兵館だ。

攘夷志士の巣窟でもある。

六ッ子たちは——とても、嫌な予感をおぼえた。

さんざんな目に遭ってきたばかりなのである。しばらくは息を潜めてやりすごそうと道々に誓ったばかりであった。

「……散りても後に匂う梅が香……」

芹澤は吟じると、ぐびっ、ぐびっ、と大徳利をあおった。

その双眸に、じわ、と狂気が滲んだ。

六ッ子たちは震え上がった。

逸朗は息を呑みつつ、帯に差している大鉄扇を握った。厄災の種である。ここで返しておかなければならなかった。

「芹澤さん、これをお返し――」

「ところで、な」

「な、なにか？」

「わしは、お主らを捜しておったのだ」

ぷはー、と芹澤は酒臭い息を吐く。

そして、にたり、と壮絶な笑顔を見せた。

猛虎が笑えば、こんな顔になるのかもしれない。

「のう、京の女子を見たくはないか？」

「なんと！」

六ッ子たちは一斉にどよめいた。

「お主ら、清河八郎を憶えておろう」

「潮来の妓楼での……」

「あの口舌の徒の……」

「その清河八郎が、幕府に面白い献策したのだ。このたび徳川将軍の上洛が決まったが、警護の者が足りぬ。そこで浪士を募るというのだ。幕府は、その献策を受け入れた。口舌の徒に、まんまと乗せられたのだ」

「ほう……」

「どうだ？　支度金も出るぞ」

「いかほどで？」

「ひとり五十両」

「ひっ……」

六ッ子たちは度肝を抜かれた。

「どうだ？　無一文で千年の都を見物できるぞ？　それどころか五十両が丸ごと懐に入るのだ。良い話であろう？　なあ？」

「五十両……」

「都見物……」

「京女子……」

きらびやかな錦の雨が、めでたい頭の中に燦然と降り注いだ。

「乗った！」

嗚呼――。

大莫迦であるがゆえ、またもや懲りもせず……。

四話　信濃ずんどこ放浪記

一

「……戻りてえ……」

末弟の碌朗が、ぶつくさと弱音を吐いている。

五人の兄らも同感だ。

江戸を発って、はやくも後悔していた。

将軍警護の浪士組が結成され、京の都を目指して中山道を歩いているのだ。つくづく東海道とは縁がないようである。

高崎、下諏訪、木曽路と経て、近江の草津宿に辿りつけば、京まであと一歩。またしても山の中を歩くことになるのであった。

しかも、むさ苦しい男に囲まれての長旅である。

浪士組は大所帯であった。

幕府は五十人も集まればよいという目算であったが、なんと二百人余りが応じたため、五十両の支度金が十両に目減りしてしまった。

六ッ子たちは、さほど失望もしていない。十両を超えれば、お大尽だ。五十両も十両も同じであった。

ただし、徴募に応じた顔ぶれが、とんでもないものであった。

食い詰め浪人、荒くれた博徒、出稼ぎの農民……。

試衛館の怖い撃剣家たちまできていた。

むろん、芹澤鴨も一味を率いている。玉造で押し借りをしていた男もいれば、練兵館で見かけたことがある隻眼の剣士も混ざっていた。

鬼に天狗だ。

百鬼夜行の一群である。

浪士組の献策をした清河八郎は、無頼の仲間と思われたくないのか、行列の後ろから少し離れて同行していた。

あまりの不穏さに、幕府の取締役も苦い顔を隠せない。沿岸沿いの東海道ではなく、人目を避けて山間の中山道を選び、なおかつ道中で間違いを起こさせぬように厳しく眼を光らせていた。

無頼の一行は、どこまでも平野がつづく関東を北上した。熊谷宿を通り抜けると、遠目に山々の連なりが見えてきた。

「ぐわははははっ」

芹澤は、大鉄扇をふりまわしながら街道をのし歩いている。

六ッ子たちが預かった大鉄扇ではない。

逸朗は幾度も返そうと試みたが、そのたびに芹澤は、

『いや、鉄扇を新たに誂えてしまってな。さすがに二本差しは重い。まあ、しばらく、そのまま預かっておれ』

と、はぐらかして受けとろうとしなかった。

それどころか――。

芹澤は、六ッ子たちが密勅を隠し持っているという噂を一味に命じてわざわざひろめている。凶相の浪士どもや幕府の取締役からも眼をつけられて、ますます生きた心地がしなかった。

「芹澤どのは、なにを企んでおるのだ」

「危ういのう危ういのう」

「うむ、なにか仕出かしそうじゃ」

「あの眼は狂うておるような」

「やっぱり、牢暮らしってのはオツムにいけねえな」

そして、怖れていたことが、本庄宿で起きた。

芹澤が暴れたのだ。

宿の部屋割りで手違いがあり、芹澤一味があぶれてしまった。芹澤は激昂し、宿場の往来で盛大にかがり火を焚きはじめた。建物を壊し、手当たり次第に火へ放り込む。酒を呑んで怒鳴り、大鉄扇をふりまわした。

もとより酒乱の気はあったものの、豪放磊落で、壮大に天下を語り、どこか憎めない愛嬌もあった天狗党の志士だ。まさか、ここまで粗暴の挙に出るとは六ッ子たちも考えてはいなかった。

「受難！　受難！」「情け無用じゃ！」「おうよ、どっちもどっちも！」「どっちもどっちも！」「なにがだ？」「なんでもよいわ」「ここは騒いだほうが、かえって目立たぬのだ」「ほい逃げよ、やれ逃げよ」

騒ぎに乗じて踊りつつ、六ッ子たちは宵闇に紛れて脱走した。

これに限るのである。

本庄宿の木戸を抜けるとき、ひやりとする一幕もあった。番人に見咎められて誰何《すいか》を受けたのだ。逸朗は、とっさに口八丁で切り抜けんとしたが、それより先に何者かが峰打ちで番人を気絶させていた。

「だ、誰だ？」

「あの男、たしか……」

「おお、名は忘れたが……」

伊原覚兵衛という浪人だった。

かつて日光へとむかう道中で、川船の上で六ッ子たちに無体ないいがかりをつけた揚げ句、下女の鈴に川へと落され、さらに深山の隠し里でも左武朗と果たし合いをした凄腕の浪人であった。

伊原は不敵に笑うと、ふっ、と闇の中に消えた。

「……な、なんだったのだ？」

「もしや、我らを逃がしたのか？」

「おおかた、浪士組の中に紛れ込んでおったのだろうが、我らと同じく逃散を決め込んだのであろう」

「なるほど」

「まあ、せっかくだ。逃げるならいまぞ」

　そして、月明かりを頼りに中山道を引き返しながら、

「あ……！」

　と逸朗が声を上げた。

「兄者、いかがした？」

「鉄扇を返すのを忘れておった」

「捨てればよいではないか？」

「密勅を捨てるとは、かえって天誅ものであろう」

「だなあ……」

「どちらにせよ、江戸に戻るのは悪手ですよ」

「そりゃ、どういうことでい？」

「長州と練兵館では、ようやく厄介払いができたと安堵しているでしょう。そこへ、のこのこと顔を出すのは、さすがに気が引けるというもの。たとえ戻るにしても、ひと月か、ふた月は間を置きたいところです」

「呉朗の申すこと、もっともじゃ」

「そのあいだ、どこで身を隠す？」

幸い、十両の支度金が丸ごと懐に残っている。贅沢な遊びをしなければ、ひと月どころか半年でも悠々と暮らしていけるはずだ。

――さて、どこへいく？

東の方角は、山にしろ海にしろ、さんざん彷徨ってきた。

中山道を西にむかえば、どこかで浪士組と鉢合わせになるかもしれない。

「北に抜けて越後で遊ぶか？」

「越後には海がある。魚も美味しかろう」

城下町や宿場があれば、なにかと遊ぶ場所もあるはずだ。

「待て。遅ればせながら、伊勢参りはどうだ？」

「うむ、よいかもしれぬ」

「船旅も捨て難し」

「だが、東海道へ出るのに江戸を抜けるは危うし」

「そもそも手形はどうします？」

「勝の旦那を頼るってなあどうだ？」

「おお、それだ！」

「したが、軍艦の操練所とかで、神戸におるのではないか？」

「幕府の海軍に入るのか？」

「軍艦で……大砲を撃てるやも……」

「そいつあ豪気だ」

「もとより、我らは幕臣の家であるからのぅ」

「神戸とは、どこじゃ？」

「京の都の先らしいですよ」

「ならば、都見物もしてゆこうか」

「逸朗の兄者、どうせ西にむかうのだから、密勅は京のどこかで芹澤さんと逢ったときにでも返せばよいのでは？」

「うむ、そうするか」

二

毎度のことながら——。
莫迦の旅路が、すんなりとゆくはずはない。

「……ここはどこじゃ？」

「うむ、わからぬ」

中山道を引き返し、江戸に入る手前で西へとまわりこんで甲州街道に入った。

甲州街道は、内藤新宿からはじまる。

府中、八王子などを通って相模を抜けると、甲州に踏み込む。

そして、陸の島流し先と幕臣が怖れる甲府を過ぎて、街道の果てとなる下諏訪の宿で中山道と合流するのだ。

八王子まで、さほどの苦労はない。

山の端が迫り、峠道に差しかかる手前で、小仏に関所があると聞き及んだ。関所は避けるべし。街道筋を外れた。

これが、しくじりの元だ。

道に迷った。

山から山へと彷徨い、まんまと深みにはまった。

「神子の国に比べれば、たいしたことではないわい」

「山での難儀は慣れておるしのう」

「だが、寒い……」

「温泉に浸かりたいのう」

山間は、まだ雪が残っているのだ。

藁蓑、笠、草鞋とかんじきは、小仏の手前で買っていた。遭難での処し方には慣れている。慣れなければ、とうに飢え死していた。獣道を見つけて歩き、火をおこして暖をとった。目敏く山の菜を見つけ、猟師から習った罠で小さな獣などを狩った。

髪は乱れ、着物は垢にまみれて獣臭を放つ。

山中では、懐の小判も役には立たない。

たまには街道に出て、宿場町の旅籠で休みたい。が、こうなると、わざわざ人の眼に触れることが面倒の種になる。村人にうっかり見つけられ、役人を呼ばれて詮議を受けることは厄介でしかなかった。

かなり危ないこともあった。

左武朗の勘を頼りに、西へ西へと歩いたときだ。やにわに刺朗が眼を爛々と輝かせ、狂気のごとく疾走した。残りの兄弟は追いかけた。大きな流れの河辺に出た。天竜川の流れであったらしい。

あろうことか——。

両岸で渡世人が睨み合っていた。

互いに陣を構えて盛大なかがり火を焚き、おらー、うらー、と蛮声が飛び交い、殺気立った眼で対岸を威嚇している。

のちに聞いたところによれば、清水の次郎長一家と黒駒の勝蔵一家が、長年の怨恨によって決闘していたのだという。

長脇差の白刃が乱舞する大喧嘩に巻き込まれかけた六ッ子たちは、真っ青になって這う這うの体で逃げ延びたのである。

川筋を遡った。

諏訪の湖に辿り着いた。

下諏訪から中山道を辿れば、素直に都への道に戻れたはずが、人里を眼にしたことで理非も是非も消し飛んだ。

「もはや、我慢ならぬ」

「ここまできて、湯に浸かれねば死んでも死にきれぬ」

「いざ、信玄公の隠し湯へ！」

天然の湯場を求め、北の山中へと猛進した。

宿命のごとく、六ッ子たちは彷徨い歩くのであった。

いつしか――。

じんわりと――。

山を吹き抜ける風が、春のぬくもりを含みはじめていた。

草木の匂いも日に日に濃くなってきたようだ。

信濃の国のどこかであろう。

そのはずである。どうでもよかった。山中を彷徨ううちに、六ッ子たちは人の理知を失い、獣のごとき本能の塊となっている。

鼻先が、ふと白米の匂いを捉えた。炊き立ての芳香だ。腹の虫が猛烈に鳴き、口の中に唾があふれる。ひさしぶりに飯の味を思い出して、もはや辛抱たまらなかった。匂いを追って、ひたすら駆けていった。

いきなり前がひらけた。

木々を抜けたのだ。

光が眼を眩ませる。

足がもつれて倒れた。斜面だ。ならば転がるしかあるまい。畑の柔らかな土に、どどんっと六つの尻が並んで落ちた。

たーん！

鉄炮の音だ。

すわっ、と六ッ子たちは地に伏せた。

鉄炮を放たれたことで、己が獣ではないことを思い出した。

「誰何もなく放つとは無体な」

「我らを獣と間違えたかのう」

怪しまれたところで不思議ではない。

蓬髪で山賊のごとき風体だ。

「いや、猟師ではないようじゃ」

場違いなほど立派な武士であった。

着物と袴は紺縞で、黒貂《くろてん》の肩衣を身につけている。腰には白柄の太刀を佩《は》き、土手の上で馬にまたがっていた。

「ならず者どもめが！　天下が騒がしきご時世に、我が松代藩の領地を侵そうとは、じつに不埒である。野盗の類いか？　それとも野良浪士か？」

異相である。

顔が長く、額がひろく、尊大な髭をたくわえていた。大きな眼をぎょろりと剝き、情けなく這いつくばる六ッ子たちを睨み据えている。

目付きからして尋常ではなく、手には見慣れぬ形の鉄炮を構えている。筒先は、ぴたりと六ッ子たちにむけられていた。

「挨拶もなくぶっ放すたあ穏やかじゃねえな」

「松代藩では、鉄炮で歓迎する風習でもあるのか」

「で、松代とはどこじゃ？」

「北信州のどこかですな。真田家の領地でしょう」

「ああ、あれか。戦国の世に、武田家と上杉家の軍が幾度も死闘を繰り広げたという川中島の近くではなかったかな」

「べんせいしゅくしゅく～、夜河をわたる～、というあれか」

「吟じているときではないわい。撃たれておるのだ」

「たしかに！」

「ま、待たれよ！　身なりは汚くとも、野盗や浪士ではないぞ！」

「我ら徳川家の直参！」

「……の穀潰し……」

「部屋住みの玄人です」

尻餅をついては話もできず、六ッ子たちは立ち上がった。

「むむ?」

異相の男は眼を剝いた。

「六ッ子とは奇態なり!」

「奇態だが、妖怪の類いではないぞ?」

「わかっておる。妖怪など開明の世におるはずもないわい。ただの迷信じゃ」

異相の男は、馬上でふんぞり返った。

「おい、開けた御仁らしいぜ」

「顔のほうは妖怪のようだがな」

「この佐久間修理にむかって、妖怪とは何事じゃ!」

たーん!

六ッ子たちの足もとで土が跳ねた。

「ま、また放ちおった!」

「妙だ。火縄もついておらんのに玉が出るとは」

「うほほほっ!」

佐久間と名乗った男は高笑いを発した。

「驚いたか？　慄いたか？　これぞ松代藩の御鉄炮師である片井京助が発明し、天下一の兵学者にして洋式砲術の大家であるわしが改良をほどこした〈迅発撃銃〉である。火縄などいらぬ。雷汞《らいこう》という粒を打つことで撃発せしむるのだ。しかも、筒先から火薬と玉を込めるのではなく、鉄筒の尻より込める。――よいか、尻からだ！」

「ほう、尻か」

「よくわからぬが、たいしたものらしいぞ」

「馬の鞍も風変わりじゃな」

「よくぞ見た。これは西洋鞍である」

へっ、と碌朗は鼻先で笑った。

「洋式砲術に西洋鞍たあ、異国かぶれの奸賊じゃねえのか？」

「蒙昧なる愚者め！」

佐久間は怒声を放った。

「我が佐久間家は、遡れば平氏の血筋である。桓武帝の曾孫となる高望王の末裔こそ、我が祖先。高貴なのだ。偉いのだ。わしは儒学者だが、それだけでは異国の武威に立ち向かえぬと悟り、蘭学を学んだ。洋式砲術で名高い江川英龍の門下となり、天下一の兵学者となったのだ。蒙昧な者どもは学問の道理をわきまえず、あろうことかわしを奸賊などと罵り、天誅などと妄言を吐く始末だ。その方らも不逞浪士の刺客であるか？　ならば、この場で討ちとってくれるぞ」

口上のあいだにも、佐久間の手は鉄炮の後ろを開いて次の玉を込めている。むろん、その筒先は六ッ子たちを睨み据えたままだ。

「わ、我らは刺客ではないぞ！」

「莫迦ではあっても不逞ではない！」

「刺客でないのであれば、我が問いに真理をもって答えてみせよ」

「真理？」

「ともかく、答えるしかあるまい」

「おう、説破してやろうぞ」

「では、問う。女子とは……」

「女子？」

六ッ子たちは戸惑った。

くわっ、と佐久間は眼を剝いた。

「乳か？　それとも尻であるか？」

「あ？」「は？」「な？」「へ？」「なんだって？」

思わず絶句した愚弟を尻目に、長子の逸朗が厳かに答えた。

「――尻である」

「見事なり！」

佐久間は破顔した。

「まさに女子は尻である。立派な子を産めるからである。わしは頭がよい。素晴らしく優秀なのだ。日ノ本一の種を有しておる。優秀な者は、たくさんの子を残さねばならん。残さねば天下にとっての損失なのである」

「……どういうことだ？」

「よくわからんが、途方もなき自信家よ」

ともあれ、撃たれずに済み、ただ安堵するばかりだ。

佐久間は、六ツ子たちを気に入ったらしい。

「莫迦は莫迦だが、まなこは澄んでおるようだな。不逞浪士のように濁っておらぬ。無知な殺気で血走っておらぬ。ふむ、奇態なる六ツ子たちよ、ついてまいれ。わしの客として遇してやろう」

こうして、六ツ子たちは松代に逗留することになった。

三

江戸で、清河八郎が斬殺された。

世情に通じた佐久間修理から、六ッ子たちはそう教えられたのだ。

浪士組は、京に着くや真っ二つに分裂したらしい。

清河八郎が、浪士組を攘夷の急先鋒とすべく朝廷に建白書を出したからだ。その目的は、将軍警護の名目で徴募した浪士を丸ごと手勢にすることであり、清河八郎は意気揚々と浪士組の多勢を率いて江戸へ戻った。

そして、何者かに斬り殺された。

下手人は、幕府の者だという噂であった。

芹澤鴨の水戸一派と試衛館一味は、京都守護職を務める会津藩預かりとして京に居残り、〈壬生浪士組〉を名乗ったらしい。

が、やはり天狗と鬼は相容れぬ仇敵のようだ。勢力争いを起こした末に、芹澤一派が粛正されてしまったという。

――あの豪傑が！

信州中を迷い歩いているうちに、とんでもないことになっていた。

さて、それはそれとして――。

佐久間修理のことだ。

号は象山。

信濃国は松代藩、真田家の家臣である。

やはり、やらかす男のようであった。

若くして家督を継ぐや、真田家世子の近習に抜擢されたものの、藩の長者に不遜があったとして閉門を命じられ、のちに赦免されている。

江戸へ出府すれば、たちまち学者として頭角をあらわし、松代藩主が海防掛に任ぜられると佐久間も顧問に抜擢された。

蘭学に目覚め、異国の兵学を学び、大砲の鋳造にも成功して西洋砲術家としての名声を轟かした。

勝麟太郎、吉田松陰、坂本龍馬。

これらも佐久間の門下生であるという。

だが、吉田松陰が米艦への密航にしくじり、佐久間は密航を勧めた咎で失脚し、昨年まで蟄居を強いられていた。

「わしは蟄居中に〈迅発撃銃〉の図説を著述し、これを大老に献じようとした。が、蟄居人の献上はならぬと幕府の愚物どもは拒みおった。なんという旧弊さ！　なんという愚劣な因習か！　幕府の先行きも見えたというものである」

六ッ子たちと出逢ったのは、藩の鉄炮鍛冶に造らせた〈迅発撃銃〉の試し撃ちで山へ入ろうとしたときであったらしい。

佐久間は、なおもやらかす気概に満ちていた。

「王政復古こそ、日ノ本が選ぶべき道である。公武合体によって朝廷と幕府が手を携え、開国によって異国の技を盗んで力を蓄えるのだ。そのためには、畏れ多くも帝を彦根城に遷座させ、幕府に仇を成す不逞浪士どもへの人質とせねばならん」

彦根城は、天誅で討たれた井伊大老の城である。

城が築かれた北近江は、東国と西国をむすぶ天下の要衝であり、古来からこの地で日ノ本の覇権を争う合戦がおこなわれてきた。

いざとなれば、古代の故事にならうまでのこと。大和王朝への帰属を拒んだ建御名方《たけみなかたの》神は、戦に破れて信濃の地へ落ち延びたのだ。

「つまり、どうなんだ？」

「王政復古となりゃ、徳川家はどうなるってんだ？」

「朝廷にご政道を御還しするのだから、武家の棟梁ではなくなるだけであろう」

「なんだ、それだけのことか」

「戦にならねば、なんでもいいさ」

「扶持はどうなるんですかねえ」

六ッ子たちに、やはり天下のことはわからない。

戦となれば、寺社の境内や広小路で遊ぶこともままならぬ。

気にかかるのは、それだけであった。

佐久間は、呵呵《かか》と大いに笑うのだ。

「うはははっ、莫迦は悩みがなくてよい。長生きもできる。それで幸せなのだ。だが、わしのように頭がよいと、並の生き方では我慢できぬ。そこが不幸なのだ。うむ、莫迦はよい。じつによいのだ。ゆえに――そなたらは大いに莫迦であれ」

「どうも褒められた気がせぬが」

「へへっ、ちげえねえ」

六ッ子たちは、佐久間家で無駄飯を喰らい、かつ酒も呑んだ。

秘湯を求めて山中を散策し、川で泳ぎ、町道場を冷やかし、田舎の祭りを楽しむうちに、とうとう松代で新年を迎えることになった。

だが、佐久間は一橋慶喜に招かれて上洛することになった。

慶喜は徳川斉昭公の子である。その英邁さによって、一橋家を継ぐ養子に出され、十四代将軍の候補にもなっていた。いまは将軍後見職を辞任し、禁裏御守衛総督に就任したばかりであった。

となれば、六ッ子たちも松代には居座れない。

佐久間に同行しての上洛も考えたが、血風吹き荒れる千年の都に怖じ気づいた。長州が軍を発し、戦でも起こしそうな気配なのである。

西方は、なにかと危うい。

さくりと節を曲げ、江戸へ舞い戻ることに決めた。

ところが――。

間が悪いことは重なるものである。

天狗党が筑波山で挙兵してしまったのだ。

これに驚いた水戸藩は、すぐさま討伐軍を差し向けたが、さんざんに翻弄された。天狗党は攘夷の志を同じくする同志を糾合しつつ奮闘し、一時は数千にも勢力を膨れ上がらせたという。

しかし、感情による撃発は、それほど長続きはしない。天狗党は各地で撃破され、残った千人余りが京の朝廷に一橋慶喜を通じて尊皇攘夷の志を訴えることを決意し、西進を開始したのであった。

六ッ子たちは、中山道で天狗党の軍勢に出くわしてしまった。

玉造の旧知に見つかり、引っ張り込まれ、ともに京を目指すことになった。

否も応もない。

天狗党は、幕府の追討軍を巧みに避けながら進軍した。小藩の領地を通過するため、ほとんど抵抗は受けなかったが、ときには追撃を受け、ときには大砲にものをいわせて撃退していった。

「よもや大砲まで持ち出すとは」

「……わしも放ちたし……」

「これでは合戦ではないか」

「笛や太鼓を鳴らせば、お祭りのようじゃ」

天狗党が望みをかけた一橋慶喜は、なんと朝廷に願い出て、親幕府の藩兵を借りて天狗党討伐に進発したという。

進退が窮まった。

美濃の鵜沼宿で街道の封鎖を知り、中山道を外れて北方に迂回した。

その機を捉えて——。

六ツ子たちは、またもや脱走を果たしたのであった。

もはや手慣れたものである。

すでに美濃まできているが、京の都は長州の軍勢が暴れ込んで大敗し、苛烈な浪士狩りが繰り広げられているという噂であった。

こちらも盛大な祭りをやらかしたようである。

そして、六ツ子たちは佐久間修理も惨殺されたと聞くことになった。

「げっ、なんてえこった」

「とても良い御仁でしたが」

「因果な御仁よ」

「頭が良すぎれば、やはり早死にするのだな」

「我らは莫迦であることに感謝せねばなるまい」

「南無……」

六ッ子たちは知るよしもなかったが――。

下手人の河上彦斎は、外桜田御門の変で、傷ついた浪士を受け入れた屋敷にいた小坊主であったのだ。

四

江戸に戻れず、京にも入れず。

しかたなく、大坂へ流れるしか道はなかった。

「おおっ、六ッ子の大莫迦ではなかか！」

そこで思わぬ人物と再会した。

「阿呆の坂本さん！」

「おう、阿呆の坂本じゃき」

坂本龍馬であった。

土佐の脱藩浪士であったが、勝麟太郎が土佐藩にとりなしたことで脱藩の罪を許され、いまは土佐藩士に戻っているという。

長旅で疲れ、立ち話も落ち着かない。ひとまず団子屋に入って、六ッ子たちは大坂に着くまでの経緯をさくっと語った。

「ほうかほうか、勝先生を頼るところじゃったか。しかし、ちくと遅かったのう。神戸にむこうても無駄足になるぜよ。勝先生は海軍奉行を解任されて、操練所もお取り潰しになってしもうた」

「なんと！」

松代の居心地が良すぎて、長居しすぎたらしい。

坂本も憮然としていた。

「なんでも、勝先生の海軍塾が不逞浪士のたまり場となっちゅうて、幕府の内偵があったらしくてのう」

「あ、ああ……」

六ッ子たちは得心した。

勝の開明さが、かえって仇になったのだ。

旧弊な幕府には、さぞや目障りであっただろう。清河八郎と浪士組の件もあり、御公儀の金で海賊を養う企みかと疑ったのかもしれない。

「またしても、我らは間に合わなかったようだ」

「しくじり先生め」

「いきなり暇になったのう」

「もとより暇じゃ」

「どうする？　江戸に戻るか？」

「戻ったところでのう……」

「坂本さん、ここで逢ったのも縁だ。大坂を案内してくれんか？」

「身共は上方の芝居小屋を見てまわりたい」

「わしは大坂の名物を食べたい」

「こちとらぁ、懐はあったけえんだ」

「浪士組の支度金ですがね」

「ほうほう、豪気なことじゃのう」

坂本は、細い眼をさらに細めた。

「まあ、大坂見物はやめとき。新撰組が出張っちょる。まずは薩摩の藩邸じゃ。わしも世話になっちゅう。おんしらも、かくまってくれるように頼んじゃる。ついでに吉之助さんと逢わせてやろう」

「吉之助？」

「西郷吉之助とゆう御仁じゃ。偉いっちゅうか、八月の変では薩摩の兵を指揮して、長州軍を京から追い払った豪傑じゃ」

「偉い御仁なのか?」

「剛の者よの」

「国父の久光様と折り合いが悪くて、幾度も島に流されたりしておるがのう」

「おお、やらかしの匂いがする御仁じゃ」

「やはり、陽明学の徒かのう」

「……牢獄と島流しはいかん……!」

「いかんのう」

「だが、我らも世話になるのだ。挨拶せねばなるまい」

「厄介になろうぞ」

「我らは、その筋の玄人じゃ」

「坂本さんは桂先生とも仲が良かったようだが、薩摩藩とも通じておるとは……どちらの味方になるのだ?」

京の貴族を銭の力でとり込んだ長州は、帝と朝廷を裏から操ったことで幕府方から大いに憎まれ、会津藩が薩摩と密かに手をむすんで京洛から長州勢力を一掃したのが去年のことであった。

長州は、京洛への再入を虎視眈々と狙っていた。が、新撰組が洛中に潜伏していた勤皇志士たちを斬殺した事件が誘い水となり、激昂した勢いで都へ雪崩れ込んだところ、逆に追い散らされてしまったのだ。

「そこが頭の痛いところよ」

坂本は顔をしかめた。

「同じ勤皇の志を持つ者としては、薩摩と長州には仲良くしてもらいたい。だからこそ、わしのような者があいだを繋がねばならん。いずれは、手打ちの席でも設けねばならんと思うちょるが……」

井伊大老の襲撃に薩摩人がいたように、薩摩藩も尊皇攘夷ではあったが、口の賢しい長州人とは気風が合わないのであろう。

「しかし、まずは船じゃ」

「船？」

「勝先生の海軍塾が解散しても、わしは海を諦めるつもりはない。薩摩から船を借りて商いするつもりじゃ」

「なるほど……」

「おんしらも船に乗るか？」

「乗りましょう！」

「乗らいでか！」

六ッ子たちの顔つきも明るくなった。

ところで、と坂本は悪戯を思いついたような顔をした。

「懐がぬくいなら、わしと京へいくか？」

「都は焼けたと耳にしたが」

「焼けた焼けた。丸焼けじゃ」

「身共は新撰組が怖いのう」

「うむ、鬼は怖い」

「洛中は迂回するぜよ。鴨川沿いを北へ遡るんじゃ」

「また北へ迂回するのか」

「都の北には、なにが？」

「遊廓かい？」

にっ、と坂本は笑った。

「賭場じゃ」

六対の眼が輝いた。

「ゆこう」「博打はひさしぶりじゃ」「おお、腕が鳴るのう」

五

洛外の、さらに外れであった。

じっに鄙《ひな》びている。

千年の都に近いこともあり、本所の外れも辺鄙であったと六ツ子たちは高を括っていたが、そこは辺鄙の性根を極めていた。

比叡山の山すそであり、松林が生い茂る丘陵のあいだに田や畑があるだけだ。

岩倉村というところだ。

賭場は寂れた神社で開かれていた。

坂本と六ツ子たちは小振りな社に入った。

都が炎上して、役人も賭場の摘発どころではないが、かといっておおっぴらに開帳できるものではない。

灯の数は少なく、ぼんやりと照らすだけである。

近隣の農民、地元のやくざ、流浪の博徒――。

そういった面々が盆茣蓙《ぼんござ》を囲んで静かに熱くなっていた。

「――ようきはった」

「うお！」

暗がりからの声に、六ッ子たちは飛び退きそうになった。

坂本は、社の隅にむかって軽く頭を下げた。

「岩倉様、遊びにきたぜよ」

六ッ子たちにも、ぼんやりと見えてきた。

岩倉と呼ばれた男は、烏帽子をちょこんと頭に乗せ、袍をゆったりと着込んでいる。

神主の体であった。

「坂本はん、なんや面白いの連れてきはったな」

岩倉は床板にあぐらをかき、手酌で酒を呑んでいるようだ。

額はひろく、立派な鼻をしていた。ぎゅっ、と口元がへの字に引き結ばれている。佐久間のような異相ではないが、アクの強い顔立ちだ。鉄火場にふさわしい鋭い眼で、じろりと六ッ子たちの品定めをしている。

「がんばり入道のようじゃ」

「ぬらりひょんやもしれぬ」

「いずれにせよ、狐狸の類いか」

「……妖気が立ち昇っておる……」

「用心いたせ。京の妖怪を束ねる元締めやもしれぬ」

六ッ子たちは、ぼそぼそと小声をかわした。

それが耳に届いたのか、ほほっ、と岩倉は笑った。

「珍妙な六ッ子はんやなあ」

坂本は苦笑しつつ、六ッ子たちにも紹介した。

「ほれ、葛木家のご兄弟よ、こちらは正四位下の岩倉様じゃ。ほんで、この賭場の胴元でもあるぜよ」

「朝臣の岩倉具視や。よろしゅう」

「朝臣の胴元！」

「正四位下といえば……」

昇殿を許されて帝にも拝謁ができる官位であった。

度肝を抜かれるには充分だ。

ははーっ、と六ッ子たちは平伏しかねない勢いで頭を低くした。

「ま、そないかしこまらんでええわ」

岩倉は生あくびを漏らした。

「遊びを極めてこその貴族や。ましてや、ほとんどの貴族なんぞ貨殖の才はない。賭場を貸して、小銭を稼ぐくらいや。それに正四位下ゆうても、わしは左近衛権中将を辞任させられて、謹慎の身や」

「謹慎？なにをやらかしたので？」

逸朗が、そう訊いた。

「朝廷と幕府を仲良うさせようてな、帝の妹御を将軍に降嫁させるため、わしは御用掛でさんざん駆けずりまわった。幕府に攘夷の実行を条件に呑ませて、うまくやったわ。おかげで姦物やゆわれてな、阿呆な攘夷志士どもに狙われて、この詫び暮らしや」

「お、おお……」

「やらかしおる」

「なんぞ、遊びをせんとや生まれけむ、や」

岩倉は、骰子《さいころ》の出目に一喜一憂している遊客へ顎をしゃくった。

「人生なんぞ博打や。浮世は戯言や。すべて迷いごと。笑いごとにしたり、茶化してあかんことなんぞ、なんもあらへん。踊る阿呆に見る阿呆ゆうてな……あんたらも、そろそろ踊ってみたらどや？」

　口元は微笑んでいるが、その眼は笑っていない。

　六ツ子たちは息を呑んだ。

「踊るとは？」

「よもや、我らを化かそうとしておるのでは？」

「尻子玉を抜かれねえように引き締めねえとな」

「しかし、正四位下の朝臣さまが、わたしたちを騙したところで、なにがどうなるということでもないでしょうけど」

「化かしはせんわい」

　ほほっ、と岩倉は笑った。

「でもな、あんたらについて、面白い噂を耳にしたわ。なんでも、新撰組の芹澤はんから攘夷の密勅を預かったらしいの？」

「い、いや、そのようなものは……」

　六ツ子たちは惚けた。

　というより、すっかり忘れ果てていたのだ。

岩倉は、興味が失せたように手をふった。

「ええわ、ええわ」

「誰が持っておったところで、いまさら使い道のないもんや」

「その噂、わしも耳にしちょった。毒にも薬にもならん。ほかしとけほかしとけ」

坂本にも保証され、六ッ子たちは安堵した。

忘れていたとはいえ、いつも心のどこかで重くのしかかっていたことだ。使い道がなければ、それはそれで気も楽になろうというものだ。

「そんなことより、なあ、珍妙な六ッ子はんらに頼みたいことがあってなあ」

「……頼み？」

「どのような？」

「いまは話せんわ」

「え？　聞いたところで、役に立てるかどうかはわかりませぬが、聞かねば思案することもできませぬ」

「ほな、わしと賭けをせえへんか？」

「賭け？」

「なんだかよくわからねえことになってきやがったぜ」

碌朗が、匙を投げたような顔をした。

「これもな、そこの坂本はんから聞いたんやが、なんでも江戸で姿をくらませた親御はんを捜してはるとか？」

「うむ、そういえば捜しておったな」

「流浪の旅で忘れておった」

桂小五郎にも頼んでいたことだから、坂本がどこかでそれを聞いたとしても不思議なことではなかった。

「賭けに勝っても負けても、わしが親御はん捜しを手伝う。どうや？　なあ、これでも貴族のはしくれや。謹慎の身とて、飼っとる間者もおる。あちこちに伝手はある。あてもなく捜すよりは、いくらかマシやろ」

「よろしいので？」

受けても損はないように思えた。

「賭けるんやな？　この賭場で、あんたらの懐にある銭を残らず巻き上げたら、わしの勝ちや。一文でも残ったら、そちらの勝ち。――ええな？」

岩倉は双眸を光らせ、もろ肌を脱いだ。

勝負師の顔である。

「ほな、張りなはれ張りなはれ」

「よ、よしきた」

「へっ、受けてやろうじゃねえかよ」

「熱い勝負になりそうじゃのう」

「こちらは六人です。負けることはありません」

だが、それが悪夢のはじまりであった。


ものの一刻ともたず――。

有り金を失って素寒貧になってしまった。

「気ぃつけなはれや。あんさんら、影が薄うなっておますえ」

岩倉が、朝陽に溶けそうな六ッ子たちを見送ってくれた。

五話　六ッ子の回天

一

天狗党が加賀藩に投降してから、一年と少しが経っていた。

京の都――。

薩摩藩の家老である小松帯刀《たてわき》の寓居である。

長州の桂小五郎。

薩摩の西郷吉之助。

土佐の坂本龍馬。

そして、葛木家の六ッ子たちもいた。

天下を左右する大同盟の役者は、ここに出そろったのだ。

「長州と薩摩……負け組同士の捲土重来か……」

逸朗は控えの間でつぶやいた。

なにゆえ控えているのかといえば、隣の広間で薩長同盟が締結したときを見計らって、賑々しく宴会をはじめるためである。

「関ヶ原からの因縁とは、さても執念深きものじゃのう。咲くも一興。散るも一興。いずれにしても、たいした見物じゃ」

雉朗は芝居がかった台詞で気取っている。片眼を隠した独眼龍遊びはつづいているが、いつのまにやら木鍔が本物の金鍔になっていた。

左武朗は、やや首をかしげる。

「よもや逆恨みで徳川家を倒そうとしておるのか？　まさかまさか、そこまで気は長くあるまい。倒される幕府も迷惑というものではないか」

「……死狂いこそ、士道の本領……」

呉朗は、刺朗の独り言を流して左武朗に答えた。

「ですが、長州と薩摩が手を結べば、いよいよ幕府も危ういのでは？　我ら幕臣の子としては、これを見過ごして良いものか……」

碌朗は、つまらなそうに鼻毛をむしる。

「なんでえ、しくじらせたほうがいいってのかよ？」

「坂本さんの話によれば、幕府は倒さなくてもよいらしいのだ。ほれ、大政奉還よ。朝廷に将軍職を返上すればよいと」

「なれば、徳川家は残るか？」

「残るであろう」

「ならば良いか」

もはや江戸に時勢はない。

ご政道は京の風向き次第であり、いかに朝廷を取り込んで〈帝〉という駒を奪い合うかという展開になっていた。

諸国の眼差しも幕府に厳しくなっている。

武家の棟梁とはいえ、将軍家に日ノ本のかじ取りは任せられない、と。

そんな空気が日に日に濃くなっていた。

時勢とは、そういうものだ。

とはいえ、長州藩も受難つづきである。

下関で独自に攘夷を実施し、勇んで異国の船に砲撃したものの、英国と仏国の連合艦隊に報復され、さんざんに打ちのめされた。

薩摩と会津に京から駆逐され、その翌年に攻め込んで惨敗した。

さらに――。

英国、仏国、亜米利加《アメリカ》、和蘭陀《オランダ》の四カ国連合に、ふたたび下関が攻撃を受け、沿岸の砲台を占拠される屈辱を味わった。

さらにさらに――。

京に進軍した懲罰として、長州討伐の勅命が幕府に発せられ、長州藩は三家老の腹を切らされて全面降伏を喫した。

泣き面に蜂。

踏んだり蹴ったりの大盤振る舞いだ。

一方で、薩摩藩も、じつは追いつめられていた。

潮目を読んで政争の波間を巧みに泳いできた九州の雄だ。が、政局だけで動く時期は、そろそろ限度を迎えている。

長州を屈服させたことで幕府は溜飲を下げたところだが、次には出過ぎた釘となった薩摩が狙われる番であった。

最後は、やはり武力なのだ。

朝廷を日ノ本の中心に据え直す王政復古を成すためには、どうあっても長州と薩摩が手を結ばねばならなかった。

「しかし、まだ同盟は成らんのか」

「ずいぶんと待たせてくれるのう」

「長州人と薩摩人は、睨み合ったまま膠着していますな」

同盟への動きは、長州討伐の直後からはじまっていた。

坂本龍馬などの仲介者が奔走し、いったんは下関での薩長会談が実現しかけたが、これは西郷吉之助が来訪しなかったことで流れてしまった。

今度こそ――なんとしてでも――。

「なあ、おんしらで、どうにかならんかのう？」

控えの間で、坂本龍馬は大の字に寝転んでいた。

坂本も必死であった。

薩摩から船を拝借し、風雲に乗じて商いをするためには、どうしても薩長に手をむすんでもらわなければならなかった。

しかし、両藩には確執が積もりすぎている。

長州人は怜悧だが、矜持の高さと見得が邪魔をした。

理屈ではわかっても、流した同志たちの血がニカワのように固まり、先に頭を下げることなどできないのだ。

薩摩人は議を嫌い、冷徹に実利を求める。

長州討伐において、薩摩の働きかけで長州は致命傷を免れることができた。薩摩がへりくだり、風下に立ついわれはない。

異国との戦いでも、薩摩は生麦村における英国人斬殺の報復を受け、双方激しい砲撃戦の末に薩摩自慢の砲台を潰されて城下も焼かれたが、英国艦隊の艦長を戦死させる殊勲を立てていた。

「どうにかと申されてもなあ」

「まあ、身共らに武士の矜持などはないがのう」

「つまり、わしらが頭を下げればよいのか？」

「下げたところで、質草にもならない頭ですがねえ」

「……争え……もっと争え……」

「こちとら江戸っ子でえ。仲裁なんてまだるっこしいこと、できるわけがねえ」

「げにげに」

「腹の探り合いや駆け引きなど、無粋の極みじゃ」

「だが、穀潰しとはいえ、浮世の義理というものもある。我らも少しは天下の役に立つべきではないか?」

「長州や薩摩のおかげで餓えずにすみましたからねえ」

「坂本さんの亀山社中で世話にもなった」

「うむ、誰もが天下のために働いておるというのに、ただムダ飯を喰らうばかりというのも、さすがに心苦しいか……」

「しかり。薩長の同盟をいかにするかじゃ」

「つまるところ、双方とも余計なことを考えすぎなのではないでしょうか?」

「なるほど」

「莫迦になればええんじゃ。莫迦に」

「莫迦は大の得意だ」

「となれば、我らが手本を示さねばなるまい」

「安手の芸では、わしらの覚悟まで安く見下されよう」

「では、松代で考案した秘芸をやらかすか?」

「あれか……」

「ううむ、宴会とあれば盛り上げずにはおかぬが……」

「武士として、あれをやらかすのだけは……」

「品性を問われるところですねえ」

「ええっちゃ！　なんでもええ！　やれやれ！」

薩長間の仲介に疲弊し、坂本も自棄になって吠えたてた。

「……腹を括るか……」

「大和魂の下帯を脱ぐしかなかろう。やらかすしかないのだ」

「うむ、いまこそ英雄にならん！」

硯と筆を借りて、さっそく支度にかかった。

準備万端整ったところで、薩長が睨み合う広間の襖を開け放つ。

六ッ子たちは、やおら躍り込み、

「とざい、とーざい！」

と碌朗が口上を張り上げた。

何事じゃっ、という荒んだ眼を浴びせられた。

六ッ子たちは怯むことなく、すぅ、と腰をかがめた。

頭を下げ、左手は膝に乗せ、右手を前に伸ばして手のひらを上にむける。

渡世人が仁義を切る構えだ。

「手前、生国と発しますは広南でござんす。国を離れて幾星霜。親元離れて幾千里。八代将軍の御代に船で長崎へと渡り、京の都ではもったいなくも中御門天皇に御目見得し、東海道を肩で風切って江戸へとめえりやした。位階は従四位、稼業は見世物。さあさ、これぞ七福を生じる南蛮渡りの従四位広南白象でござーい」

帯も解き、すとんと袴を落とした。

六人の所作が、ぴたりとそろっているところがミソである。

彼らは下帯をつけていなかった。

そして、満を持してまろびでたる六頭の子象が――。

ぱおーん。

と、やらかした。

象の鳴き声は、これでいいはずだ。

松代で厄介になっていたおりに、佐久間象山先生から直に教授されたのだ。

日ノ本に野生の象はいないが、八代将軍の御代にも、献上品として長崎の唐人屋敷から江戸の浜御殿まで歩かせたという記録がある。道中に寄った京で中御門天皇に謁見し、従四位の位階を賜ったという。

百年以上も昔のこととはいえ、江戸日枝神社の山王祭で、麹町より出される象を模した張り子の山車で知られている。

三年ほど前にも渡来し、見世物として全国で興行しているらしい。

都でのお披露目としては、じつに粋な趣向といえよう。旅先でも研磨を怠らなかった芸が、ここにきて花開いたのだ。

捨て身の荒技に——。

西郷吉之助の両眼が、くわっ、と見開かれた。

——無礼打ちか！

六ッ子たちの背筋を冷や汗が伝った。

「おいも負けもはん！」

のっそりと立ち上がるや、西郷は一気呵成に着物を脱ぎ捨て、これぞ薩摩兵児の心意気とばかりに堅肥りの裸体を披露した。

「大杯に酒を！　剣舞をお見せし申す！」

「薩摩っぽに負けてなるものか！」

先陣を薩摩人に切られたとなれば、長州藩士も出遅れるわけにはいかなかった。眼を血走らせて次々と立ち上がる。

そして、やはり脱ぐのだ。

「うはははははっ！」

坂本は莫迦笑いを発し、とうに褌を脱ぎ捨てて踊っている。

薩摩は名より実をとる。

長州は理念に先走る。

虚実をひとつにし、大きな力と成さしめる。たやすい技ではない。坂本龍馬の商法では上手く話は運ばなかったが、六ッ子たちの遊び心がツナギ粉となって、それは可能となったのであった。

酒を注がれた大杯が飛び交った。

蛮声で吟じ、白刃が乱舞する大宴会となった。

異様な成り行きに、桂小五郎のみが茫然とした顔で端座している。

「……恐るべきは六ッ子なり……」

これは日記には記せぬ、とほろ苦く微笑んだ。

これにて――。

薩長同盟は見事に成ったのであった。

二

九州は、日ノ本の西南にある大きな島である。

そして、
薩摩の国である鹿児島は、九州の端っこにあった。

つまり、
洋上に点々と散った小島を除けば、日ノ本の最果ての地なのだ。

「して、最果ての地まできて、なにゆえ蜜月のお供をせねばならぬのか？」

「兄者よ、それを申すな」

「まあ、どうせ暇なのだ」

「……もげよ……」

「悲喜の勘定が合いませんね」

「けっ」

六ツ子たちは、鹿児島まで坂本龍馬の湯治に付き合っていた。

湯治というからには、怪我をしたのである。

薩長の同盟成立を祝って、伏見の寺田屋という旅籠で宴をやらかそうとしたところ、浪人狩りの急襲を受けたのだ。

そのとき、坂本の妻は風呂に入っていた。

阿呆のくせに、なんと妻帯者であった。

お龍《りょう》という名だ。

気丈夫で、きりりと目鼻の際立った美女であった。

——尊皇志士とは、さほど女子にモテると申すか！

六ツ子たちは逆上した。

口惜しかったのである。

せめて眼福だけでも得んと欲した六ツ子たちは、こっそり風呂を覗きに忍んだ。が、表に捕り方の気配を察したお龍は、湯から飛び出すや着物をまとうことも忘れて夫がくつろぐ二階へと駆け登った。

むろん、六ツ子たちも追いかけた。

眼福を得た。

坂本は湯水も滴る妻の艶姿に眼を丸くしたが、捕り方の報せにうなずくと、なぜか六ツ子たちに懐の短筒を放った。

よりにもよって、刺朗が受けとった。

捕り方は表の梯段より二階に押し寄せた。お龍が灯を吹き消した。暗闇の中で、捕り方の白刃が閃き――。

刺朗が嬉々として発砲した。

六連発の西洋短筒である。

ぱんっ、ぱんっ、と激しい屁のごとき音が六つ。

捕り方は怯んだ。

その隙に乗じて、坂本と六ツ子たちは後ろの梯段を降りていくと、見張りのいない裏から抜けて、薩摩の屋敷へと逃げ込んだのだ。

役人の剣先が、どうやら坂本の手をかすっていたらしく、指の肉が浅く切り裂かれていた。手当てもせずに走ったせいで、かなり血を失ってしまい、坂本もしばらくは顔色が優れなかった。

そこで、薩摩藩は、坂本の療養として鹿児島へ送り出したのだ。

妻のお龍も同行していた。

ふたりは塩浸《しおびたし》温泉に浸かり、神社の渓谷から絶景を楽しみ、犬飼の名瀑に感嘆し、谷川で魚を釣り、短筒で鳥撃ちに興じた。

六ツ子たちの双眸からは、嫉妬で煮えたぎる血涙が流れる。ぎりぎりと歯ぎしりが鳴り止まないほど、仲睦まじき夫婦の所業であった。

今日は霧島山を登った。

天孫《てんそん》降臨の神話で名高き高千穂の峰である。

高い山ではないが、活火山である。木も生えず、草地はまばらで、石ばかりが転がっている荒れ地は、賽の河原のごとき眺めであった。

先に登った坂本夫妻は、すでに山頂の風に吹かれている。

「なにやら棒が突き立てられておるな」

「〈天の逆鉾〉というやつではありませんか？」

天照大御神の孫である天孫が、葦原中国を統治するために降臨したとき、この霊峰に突き立てたとされる神器のことであった。

「おお、坂本さんが抜こうとしておるぞ」

「罰当たりな」

「……当たるがよい……」

「ああ、抜けなかったようだ」

「ふっ、身共ならば華麗に抜いてみせるがな」

山頂にも飽きたのか、坂本夫妻が悠々と降りてきた。

入れ替わりに、六ツ子たちが先を競いながら登った。

遠くに桜島の雄姿が見えたが、さんざん眺めて見飽きている。

それよりも逆鉾である。

石を堆《うずたか》く積み上げた頂に、それは刺さっていた。耳を生やした巨大な釘のごとき形で、いかにも古式の武器らしく緑青《ろくしょう》の浮いた青銅剣であった。

まずは長子が果敢に挑んだ。

「そいや！　ぬ、抜けん！」

「はっ、なんと脆弱な。どぉれ、英雄である身共が！」

雉朗にも抜けなかった。

「ならば、わしの剛力を見るがよい！」

左武朗ですら、逆鉾はびくともしなかった。

腕力とは縁のない呉朗と碌朗も、とりあえず付き合いで挑んでみたが、体力を無駄に費やしただけであった。

「あとは誰だ？」

「刺朗だけじゃ」

刺朗は、ようやく山頂に辿り着いたところであった。

ぜいぜいと息を切らせ、朦朧と眼に霞がかかっている。兄弟たちに追いつこうと、残りの力をふり絞って頂まで登ってきた。

よろり、と足をもつれさせる。

倒れそうになって、刺朗は逆鉾にしがみついた。

「……うぅ……」

逆鉾を杖にして、なんとか身を立て直した。

「あっ！」

五人の兄弟は驚きの声を上げた。

するりと抜けたのだ。

「……え？」

刺朗の手には、逆鉾が握られている。

まさに、そのときであった。

一天にわかにかき曇り、不穏な稲光が天空を奔《はし》った。ぐらり、と足もとが揺れる。六ツ子たちの顔が蒼ざめた。

天変地異は、神子の国でこりごりなのだ。

「て、天の怒りだ！」

「戻せ戻せ！」

大慌てで逆鉾を突き立て直すと、六ツ子たちは転がるように山頂を降った。

三

徳川幕府が、再度の長州征伐をやらかした。

先の討伐によって、水戸で挙兵した天狗党と同様に、長州の尊攘派は立ち直れないほど打ちのめされたかに思えた。

だが、長州人はしぶとかった。

福岡に潜伏して難を逃れていた高杉晋作は、下関へ帰還するや幕府への敵愾心を煽って長州藩諸隊の糾合に成功した。すかさず蜂起し、藩内に巣くう怯懦な幕府派を一掃して実権を掌握したのだ。

動けば雷電の如く！　発すれば風雨の如し！

衆目駭然《がいぜん》である。

しかし、これを幕府が静観するはずもなく、今度こそ長州の牙が生えぬように叩き折るべく二度目の長征軍を諸国に命じた。

薩摩藩は、長州との秘密同盟を守って動員令を拒絶したが、それでも幕府は十万を超える大兵力を集めることができた。

対して、長州軍は三千五百の寡兵で迎え撃つ。

そして、六ツ子たちも――。

満を持して歴史の表舞台へと躍り出た。

大島、芸州、石州、小倉の四境から幕府軍は長州藩の領地を囲み、陸と海から雪崩を打って攻め込んだ。

大島の戦は、幕府軍の上陸からはじまった。

長州軍は幕府艦の砲撃にさらされ、いったんは撤退したものの、高杉晋作の乗艦する丙寅丸《へいいんまる》が幕府艦に大砲を撃ちかけながら撹乱し、再上陸を果たした長州兵が幕府軍を撤退させている。

次男の雉朗は、高杉晋作に同行していた。艦上では砲の先で見得を切り、切り込み隊の先陣としてきらびやかに目立っていた。

芸州では、幕府五万と長州千という兵力差がありながら、長州兵の志気は異様に盛り上がった。薩摩から密かに運び込まれた西洋銃が威力を発揮し、互角の戦いを繰り広げつつ膠着状態に持ち込んだのだ。

三男の左武朗は、芸州の陣で雲霞のごとき敵兵に臆することなく、片頬をゆがめて勇猛果敢に木刀をふりまわした。崩れかけた味方を幾度となく立て直し、まさに獅子奮迅の働きであった。

石州においては、さらに志気の差が顕著であった。長州軍は三十倍の敵を蹴散らし、逆に一橋慶喜の弟が治める浜田藩へ侵攻すると、ついでとばかりに浜田城を陥落させてしまったのだ。

四男の刺朗も、石州で参戦した。刺朗の切っ先が示すところ、そこには必ず敵兵が潜んでいた。鉄炮を放てば、そのたびに敵兵が倒れる。敵の弱き環を見抜き、長州の寡兵を勝利へと導いた。

小倉でも戦端は開かれた。

関門海峡を挟んで両軍は睨みあっていたが、大島から戻った高杉晋作が軍艦による奇襲を成功させると、敵地への上陸を果たして足並みのそろわない幕府軍を引っかきまわして各地での勝利を得ているのだ。

末弟の碌朗は、このとき坂本龍馬の乙丑丸《いっちゅうまる》に乗っていた。陸の敵陣に艦砲射撃して味方の上陸を援護するとき、得意の三味線で志気を昂揚させた。

五男の呉朗は、兵站を支える陰の功労者であった。兵糧や弾薬を的確に差配し、銃弾飛び交う各陣地を駆けまわった。

長子の逸朗は、長州藩の本陣で軍師として侍った。大胆不敵にして自由奔放な作戦を次々と披露して、怜悧な長州人さえ瞠目させたものだ。

まさに七面六臂の大活躍である。

さらに加えれば、佐久間修理に製法を学んだ〈迅発撃銃〉が、六ッ子たちの指導で量産に間に合ったことも長州の勝利に大きく貢献したといえよう。

——とは嘘の皮で——。

六ッ子たちは京の都にいたのだ。

鹿児島では薩摩人の荒っぽいもてなしに馴染めず、坂本の乙丑丸で長州にむかったものの、長州人は幕府への復仇に殺気をみなぎらせていて落ち着かず、こっそり京へ潜入して薩摩藩邸で厄介になっていた。

呉朗は、銭の匂いを嗅ぎとって坂本の船に残りたがったが、欲で頭に血が昇ると激しく船酔いをする体質だと判明し、泣く泣く兄弟についていくしかなかった。

京洛では、新撰組や見廻組といった鬼どもが浪士取締りで徘徊している。うかつに外で遊ぶこともできない。

食っては寝ての繰り返しで、夢想に耽るくらいしか暇の潰しようもなかった。

「高杉さんは、小倉城を攻め落とす勢いらしいの」

長州での戦況は、ちくいち藩邸にも届けられていた。

「おう、さすがじゃのう」

「坂本さんも、たいした活躍であったらしい」

「戦は数ではないのだな」

「諸藩の兵も幕府に命じられて、しかたなく参陣しただけですからね。戦意なんて、そもそもないのでしょう」

「桂先生と西郷どのも裏で上手く立ちまわっておるのだろう」

「それに比べ、我らの影の薄きことよ」

「江戸に還ってから、どうにも冴えぬ」

「いや、神子の国を追い出されてからではないか？」

「そもそも、わしらはいくつになったのだ？」

「へっ、節分の豆だって食う暇がねえんだ。歳なんざ、いちいち数えちゃいねえや」

逸朗が、ふと遠い眼をした。

「ああ、あれは奇妙な国であったな。お伽噺のような……夢を塗り固めた幻のごとき秘境……もしや、おれたちは、いまだ神子の国で眠りこけておるのではないか？　ほれ、伊弉冉尊《いざなみのみこと》は黄泉の国で飯を食ったことで、人の世に戻れなくなったではないか。おれたちも、たらふく腹に――」

「逸朗の兄上、このごろは夢想の切れ味も鈍くなりましたね」

「ううむ……」

「まあ、いまは与太を飛ばしておるときではないわ」

大平の世では役に立たず。

乱世では、なおのこと役に立たず。

さすが――。

葛木主水が鍛えし業物の穀潰しどもであった。

狂乱の時代に、なにかをしでかさねばという若い衝動にかられようが、そんじょそこらの部屋住みとはモノがちがう。

見事なナマクラぶりなのだ。

だが、やくたいもない六ツ子たちの素性に疑惑の眼を注ぎ、これを利用せんと腹黒い謀略を目論む野心家もいた。

その日――。

薩摩藩邸に、岩倉村からの密使が訪れた。

六ツ子たちは、岩倉卿に召喚されたのである。

四

「これが大坂城か……」

「大坂にいたときは薩摩の屋敷で引きこもっていたから、じっくりと御城見物をしていませんでしたねえ」

「うむ、たいしたものだ」

「べらんめえ、江戸の御城に比べりゃ、小せえ小せえ」

「とは申せ、江戸の御城にすら入ったことがないからのう」

「げにげに」

六ッ子たちは、網代笠をかぶり直して先を急いだ。

川船の荷に紛れて川を下ってきたのだ。大坂の船問屋で、浪士と見られないように坊主の袈裟衣をまとった。

城の南方へ歩き、姫山神社に入った。

社殿がある丘は、宰相山とも真田山とも呼ばれている。かつて真田幸村が大坂城の出丸として築いた真田丸があったところなのだ。

「よもや、こんなところに抜け穴があるとはな」

「薩摩に口伝で残っていたという話だ。大坂城が落ちたときに備えて、豊臣秀頼公を薩摩へ逃がすつもりであったとか」

「よくぞ穴が残っていたものよ」

「入る穴は同じだが、大坂城を再築したおりに改めて掘らせたのであろう。岩倉村の妖怪もそう申しておった」

「身共としては、大凧に乗ってだな、こう空より颯爽と大坂城に乗り込んで――」

「では、潜るか」

抜け穴を通って、大坂城へと忍び込むのだ。

徳川の御城に、真田家との古き因縁。

とくれば、討入り——のはずはなかった。

「ときに、直訴とはどうやるのだ？」

「竹の先に訴状を挟んで差し出すのであろう」

「訴状など持っておらぬぞ」

「竹もありませんね」

「口上でよかろう」

「まあ、なんとかなろうぞ」

岩倉具視に頼まれて、大坂城で総本陣を構える十四代将軍に、無益な長州征伐の取り止めを直訴するためであった。

「どうでしょうね？　直訴の成否を問わず、父上と母上の行方を捜してくださるという約定は守っていただけるのでしょうか？」

「ぬらりひょんを信じるしかあるまい」

「がんばり入道をや？」

「疑いは人間にあり、天に偽りなきものを……」

「そこは、『羽衣』より『酒呑童子』ではないか？　鬼神に横道なきものを……」

「がんばり入道も、ぬらりひょんも妖怪じゃ」

「しくじっても捜してくれるとは申しておったがなあ」

「でもよぅ、おれっちどもは無事に大坂城を出られるってのか？　おう、下手すりゃ、無礼打ちされるんじゃねえのか？　ええ？」

「ううむ……」

蠟燭の灯を頼りに、六ツ子たちは狭い穴ぐらを這っていく。

「へへ、抜け穴くぐりたぁ、懐かしいじゃねえか」

「座敷牢……戻りたい……」

本所外れの屋敷では、座敷牢と裏山の神社が繋がっていたのだ。父の主水が掘らせたものらしいが、穴の目的はいまもって不明である。

穴は下り坂となり、どんどん地に潜っていく。ますます黄泉平坂を辿る心持ちに口数が減ったところで底をついてくれた。

しかし、頭の上から、ぽつりぽたりと滴が落ちてきた。

水濠の下をくぐっているようだ。

そこから、上りに転じ、しばらく平らにすすんでいくと、また上がっていく。一本道で迷いようがないことだけが救いである。

穴は木の棒で支えているだけだ。ところどころ落魄《らくはく》した土や小石が積もり、手でかきわけなければならなかった。

「おっ、蠟燭が燃え尽きたぞ」

「暗い……ひっ、ひひっ……」

「控えは持ってこなかったのか？」

「ない。ぬかったわい」

「まあ、手探りしながら這ってゆくしかあるまいのう」

「ん？　ここで穴が分かれておる。どっちだ？」

そのとき、

ちりん……

と鈴の音が聞こえた。

「ううむ、右の穴から聞こえたようだが……」

「どこかで外に繋がっておるのだろう」

「右だ。女の匂いもする」

「よし、左武朗の鼻を信じよう」

右の穴を這いすすんでいくと、はたして石で組まれた縦穴に出た。

一同、深いため息が漏れるほどに安堵した。

「井戸のようだな」

「よじ登ろうぞ」

石の起伏に手と爪先をかけて、なんとか上まで登った。

ひょいと左武朗が井戸口から頭を出した。あたりに人影はない。ぞろりと蛇のように這い出て、次の者を手で招いた。

六人は外に出ると、井戸の陰に隠れた。

「ここはどこだ？」

「本丸のはずです」

「天守は見あたらぬが……」

「んなもん、とうに焼け落ちてらあ」

大坂城が築かれた地は、かつて石山本願寺が織田信長の軍勢に抗戦し、豊臣秀吉が巨城を築き、それを神君家康公の大軍が落城させた。

いまの城は、二代将軍が再建を命じ、三代将軍の御代に完成したものだ。が、天守閣は大昔の落雷によって焼け落ちている。

「天守がないのは江戸の御城と同じか」

「して、上様はいずこに？」

「本丸御殿よ」

大坂城の再築が成ってから、将軍が城に入るのは三代の家光公以来であるという。

本丸は妙に慌ただしかった。

それでいて、ぴりっとした張りもない。

どこか緩んでいる気配であった。

「上様は病に臥せられているという噂だが……」

「長州との戦はどう始末をつけるんでしょうねえ」

「……幕府、危うし……」

「諸国の藩が兵糧をかき集めているとかで、市井の米もずいぶん値が上がっているようです。あちこちで一揆や打ちこわしがはじまっているとか」

「……幕府、ますます危うし……」

「上様が臥せられておるなら、なおのこと御殿から離れまい」

「はて、どの御殿におわすのか」

「将軍様の居間は銅御殿と呼ばれているそうだが」

「小者を摑まえて、取次ぎを願うか？」

「曲者として、こちらが捕まりますな」

ちりん……と。

ゆるやかな夜風が鈴の音を運んできた。

つづいて、なーご、と猫の声がした。

「……呼んでおる……」

刺朗は身を低くかがめ、御殿にむかって四つ足で歩きはじめた。

「刺朗の兄ぃ、猫と遊んでるときじゃねえぜ？」

碌朗が呆れ、他の兄弟は顔を見合わせた。

「やむをえん。追うか」

このまま井戸の陰に隠れていても、そのうち見つかることは明白である。あとをついていくしかなかった。

刺朗は、御殿の渡り廊下をくぐり、四つん這いのまま御殿の軒沿いにすすんだ。

「よく誰何を受けぬものよ。おれたちは、ますます影が薄くなったのではないか？」

「時代が身共らを忘れようとしておるのか」

「わしらは時代の幽霊か」

「怖いことを申さないでください」

「なんにせよ、いまは好都合ってもんじゃねえか」

刺朗が止まった。

猫を見つけたのだ。白い毛が美しい。ふああ、と愛らしい牙を覗かせてあくびをすると、その首につけられた鈴が、ちりり、と鳴った。

なーご、と刺朗は甘く鳴いた。

猫は、ふん、と顔をそむけると、縁の下へするりと逃げ込んだ。

刺朗は追いかけた。頭から潜り込み、ずるずると縁の下に這い入った。

「なるほど。ここだけ仕切りの板が割れておるのか」

「刺朗の兄上についていきますか？」

「床下に潜りゃ、見つかりっこねえやな」

「潜ってばかりとは格好がつかぬことよ」

「では、そろりとゆこう」

「おのおの方、ゆめゆめご油断めさるな」

などと気取ったところで、床下を這いつくばるだけのことだ。蜘蛛の巣をかきわけ、鼠の糞を踏み越えて、もぞもぞと情けない姿ですすんだ。

すすむしかなかった。

正直に白状すれば、かなり嫌気が差している。じめじめとして、なめくじや百足の天下であり、はっきりと辟易《へきえき》だ。

長州では志士たちが華々しく戦っているときに、なにゆえ好んで床下を埃まみれで潜らなければならないのか……。

命の重さは変わらぬはずが、ずいぶん見栄えに大差がある。

そして、もはやくたびれ切っていた。

「……見失った……」

どてり、と。

刺朗が倒れた。不快に湿った地面に額から突っ伏して、ここに終生を託したかのごとく、ぴくりとも動かなくなった。

「……おい？」

雉朗が愚弟の尻に問う。

ぐー、と安らかな寝息が聞こえてきた。

「寝ておる」

「して、いかがする？」

「そもそも、ここはどこじゃ？」

「わかりませんね」

「なあ、この上には出られねえのか？」

「床板は動くか？」

「む……ここは動くようだ」

「なら出ようじゃねえか」

「そうよの。見つかったら見つかったときのことじゃ」

幸い、邪魔な畳は敷かれていないようだ。左武朗が床板を押し上げて外し、我先にと這い上がった。陸のまぐろと化した刺朗も力づくで引っぱり上げる。ようやく床下から抜け出せたのだ。

「物置か」

「狭いせいか、なにやら懐かしいのう」

「うむ、落ち着くわい」

「そういえば、我らの部屋と同じ匂いがするような」

「こちらの長持に着物が入っておる。せっかくだ。借り受けて、着替えようぞ。土まみれの蜘蛛の巣まみれでは、よけいに怪しまれるわい」

「ずいぶんと仕立ての良い着物じゃのう。これは袍というのか？　裾の丈が余りすぎて、歩きづらいぞ」

「お上に御目見得するのだ。粗末な姿ではいかん」

「むはは、殿上人にでもなったようじゃ」

「ついでに冠物も借り受けようぞ」

「総髪頭では浪人だと名乗っておるようなものですからねえ」

「ま、怪しまれることにゃ変わらねえがな」

「刺朗も起きよ。着替えるのだ」

物置を出ると、人ひとりがようやく通れるほど窮屈な廊下をぞろぞろと歩くことになった。廊下は暗く、壁には小窓すらなかった。すぐ壁に突き当たった。

「思うのだが、ここは隠し廊下ではないのか？」

「おお、ここが動きそうだ」

「やれ、ようやく広いところに出られるのう」

かた、と壁の一部が開いた。

隠し戸である。

どやどやと六ツ子たちは部屋に踏み込んだ。

「……死の匂い……」

「刺朗、死はいかんだろう」

「鼠の死骸でも見つけたのか」

「待て。誰か布団に寝ておる」

「逃げるか？」

「いや、子供が昼寝をしておるのだ」

「足音をたてるな。静かに歩くのだ」

「ほう、なかなか品が良く、どこか親しみを持てる顔立ちじゃのう」

「夜具も上等じゃ。名家の子かもしれぬ」

それこそ、十四代将軍——徳川家茂であった。

長州征伐の大坂陣中で倒れ、生死の境を彷徨っているのだ。

もとより病弱であったせいか、まだ幼さを残す顔立ちは月代も剃っていなかった。歯が悪く、脚気を患っていたという。危急存亡の時代に、将軍職の重責が壮健とはいえない心の臓を締め上げてるのであろう。

「……だれじゃ……？」

家茂の眼が、うっすらと開いた。

「いかん。目を覚ましたぞ」

「ま、待て」

「我らは曲者では……」

ひゅっ、と家茂の喉が鳴った。

驚愕と恐怖が、水鉢に落した墨汁のごとく双眸にひろがっていく。

奇態なる六ッ子を見たせいか——。

否——。

高熱で朦朧とした家茂の眼には、徳川家中興の祖である八代将軍吉宗公から十三代まで、紀州徳川家の血筋を受け継いできた六将軍たちが、たかが病ごときに屈した当代を責め立てていると映ったのだ。

「お……お許しを……！」

家茂は甲高く叫んだ。

身震いして、ことんと喪心してしまった。

「う、うわ言か」

「熱に浮かされておるようだ」

「可哀そうにのう」

「む！　足音じゃ」

家茂の叫び声が聞こえたのか、誰かが部屋に近づいてきた。

「……もはやこれまで……」

六ッ子たちは、力強く頷きあった。

ここまで辿り着きながら、どこまでも半端な性根である。

「逃げますか」

「逃げようぜ」

「腹が減った」

隠し廊下へ引き返すと、夜が更けるまで物置で息を潜め、とっぷりと暗くなってから城の外へ脱け出したのであった。

五

徳川家茂は、大坂城で客死した。

これにより、長州征伐は断念され、幕府軍は撤退することになったのだ。

時の流れは勢いを緩めようとはしない。

やがて、一橋慶喜が征夷大将軍となった。

紀州徳川家の系譜を外れ、初めて水戸徳川家の血筋から将軍が誕生したのだ。これによって、西国への抑えが緩んだ。御三家の紀州も尾張も、水戸への反発が膨らみ、幕府と将軍家への支持が薄れることになった。

年の暮れに、なんと孝明帝が崩御された。

さらに翌年——。

六話　莫迦も杓子もエエヂャナイカ

一

吉野といえば桜であった。

古くからの名所である。

その季節ともなれば、華やかに咲き乱れて、山々は艶やかな色彩に染まり狂う。風に吹かれて舞い散る花びらは天上の雲のごとく流れる。この世のものとは思えないほど美しい眺めとなる。

異界との境なのだ。

吉野山は、修験道の開祖である役小角《えんのおづぬ》が修行した大峰山を経て、熊野三山の霊峰へと行者を導く北の玄関口であった。

しかし、花見の時期は過ぎてしまった。

「若様たち、お待ちしておりました」

「ずいぶん遅うございましたなあ。この老いぼれは、寿命の火種が尽きやせんかとひやひやしておりましたぞ」

吉野神宮の境内で待っていたのは、なんと鈴と安吉であった。

葛木家の下女と下男だ。

思わぬ再会に、六ツ子たちは感涙を隠せなかった。

「おお、鈴！」「無事であったか！」「鈴は、いつもながら可愛いのう」「若様ではない。兄様と呼べ」「安吉もよくぞ生きて……」「てやんでえ！　無事だってんなら、なんで江戸で待ってねえんだよ！」

六ツ子たちの旅に付き添い、神子の国までは同行していたが、そのあとにはぐれたきりになっていたふたりなのだ。

しばらく見ないうちに、鈴はずいぶんと大人びていた。もはや娘という歳ではない。若い年増の色香を身につけている。

安吉は、もとから老人であった。さほど代わり映えはない。が、まだ生きていたというだけでも妙に嬉しかった。

それもこれも、岩倉卿のおかげといえる。

征討軍の失敗によって幕府は弱気に転じ、謹慎を解かれて入洛を許された岩倉具視は朝廷での暗躍や薩摩藩との密謀で多忙を極めていたが、それでも六ッ子たちとの約定を忘れていなかった。

とはいえ、あてもなく捜しまわったところで、たやすく六ッ子たちの両親が見つかるとは岩倉卿も考えてはいなかった。

江戸の間者に調べさせていたところ、葛木家の蟄居閉門は小火の不始末を咎められてのことだとわかった。

だが、もし蟄居であれば屋敷から出られるはずもない。罪を許されて閉門を解かれたとも聞かず、なぜか江戸での消息を絶っていた。

煙のごとく消えうせたのだ。

不審であり、面妖でもある。

そこで、本所の屋敷に書き残されていた和歌に眼をつけ、なにか符牒《ふちょう》でも隠されているのではと思いついたらしい。

よき人の　よしとよく見て
　よしと言ひし　吉野よく見よ　よき人よく見つ

み熊野の　浦の浜木綿
　百重なす　心は思へど　直に逢はぬかも

六ッ子たちでさえ、すっかり忘れていた二首だ。

天武天皇と六皇子の吉野行幸にちなんで兄弟を結束させ、いまは逢えずとも遠く離れて六ッ子たちを想っているという親心を託した――という桂小五郎の解釈は、当たらずとも遠からずといったところであろう。

吉野と熊野。

いにしえの和歌にはよく出てくるが、わざわざ隣接した地を選んでふたつ並べたことが、岩倉卿は気になったらしい。

葛木家の系譜を調べ、熊野が祖先の地であると判明した。

紀伊国の南にある修験道の聖地である。

なぜか女人でしくじった男が彷徨う伝承も多い。

時宗の一遍上人しかり。

清姫に迫られた安珍しかり。

吉宗公におかれては、山伏の娘を孕ませたという説まである。

古き神々を祀り、新しき神々も迎え入れ、客人も迷い人も、勝者も敗者も、柔軟に貪欲に、異国の教えもこだわることなく受け入れてきた。

浮世と幽世の境。

異境にして魔境。

それが熊野であった。

俗世から身を隠すには、もってこいの地であろう。

岩倉が放った間者たちが熊野と吉野を探りはじめると、それを待っていたかのように葛木家の下男と下女が見つかったのであった。

安吉と鈴は、六ツ子たちを両親のもとへ案内した。

熊野の山中へ。

道すがら、これまでのことを六ツ子たちに聞かせてくれた。

神子の国でのことだ。

安吉と鈴は、やはり山の中で気絶から覚めたのだという。六ツ子たちを必死になって捜したが、とうとう見つけることができなかった。しかたなく日光街道を引き返して江戸まで戻ったらしい。

葛木家の惨状に驚いたものの、木戸に書き残された二首の和歌を読み解き、ふたりで熊野まで追いかけたという。

見上げた忠義心といえよう。

運にも助けられ、ふたりは主水と妙と再会できた。

鈴は熊野の山中で主の世話をし、安吉は六ッ子たちが帰ってくることも考えて幾度も江戸を往復していたらしい。

——老人と小娘が、よくぞそこまで！

武士ではないが、まさに奉公人の鑑である。なにもそこまで忠義を尽すことはあるまい、と怯むほどであった。

六ッ子たちは、浮世と幽世を軽やかに踏み越えていく。

山伏が通う険しい道を歩んだ。

崖を登り、谷を潜り、疲れたら寝転んで休む。屋根がなくとも眠ることができた。もはや慣れたものだ。

立派になりましたねえ、と安吉は笑う。

すっかり男になりましたね、と鈴は微笑む。

六ッ子たちは含羞《はにか》んだ。

ようやく、そこに辿り着いた。

見晴らしの荘厳な奇峰であった。

切り立った崖っぷちだ。

遅咲きの桜が、はらはらと花びらを落していた。

土を盛り固め、小石を積み上げただけの粗末なものであったが、ふたつの墓は仲睦まじく寄り添っていた。

葛木主水と妙は、そこに眠っているのだ。

すでに亡くなって——。

六ッ子たちは号泣した。

がんぜない子供のように、あられもなく泣きじゃくった。

二

「若様たちは、これからどうされます？」

鈴に問われても、六ッ子たちは途方に暮れるばかりだ。

「どうするもなにも……」

親という拠り所を失って、ただ放心するばかりであった。がくんと気が抜けて、足もとがひどく頼りない心地であった。

家があってこその部屋住みである。

たかる親がいての穀潰しなのだ。

三界に家なし。

無きに等しき身が、さらに軽くなる。

だが、泡沫のごとく弾けそうだ。

息をすれば腹が減る。胃の腑が満たされれば眠くもなる。寝て、起きて、厠で踏ん張り、とかく生者は忙しいのだ。

谷間に埋もれた小さな里で、しばらく六ッ子たちは世話になっていた。里人から借り受けた家屋は質素だが、掃除が行き届いて居心地はよかった。とはいえ、いつまでも居座るわけにはいかない。

「爺と鈴はどうするのだ？」

葛木家は、幕府より先に瓦解した。長年に渡って尽してきた下男と下女に報いる甲斐性も六ッ子たちにはない。

「はあ、わしらは世間が落ち着くまで墓守でもしていようかと。里人も親切で、この季節は食べるものにも困りませんわい」

「うむ、すまぬな」

「我らの誰かが家督を継ぐにせよ、幕府が転べば葛木家もどうなるやら」

「京や大坂もきな臭いしのう」

「……江戸に還りたい……」

「それもよかろう」

「草莽の志士が駆ける世も、そろそろ潮時じゃ。これからは幕府と諸藩の戦いとなろう。ならば、身共らの役目もないのだ」

「んなもん、はなっからねえよ」

「江戸もようございますが、せっかく熊野までおいでくださったのですから、いっそ伊勢まで足を伸ばしてみては？」

安吉の案に、六ッ子たちは愁眉を開いた。

「なるほど」

「伊勢に寄らない手はない」

「世が乱れると、お蔭参りが流行るというしのう」

お蔭参りとは、天から御札が降ったという噂をきっかけに、その神意に触れたかのごとく奉公人などが仕事をほっぽり出し、何十万人、何百万人もの集団と化して伊勢を目指すという現象である。

元和、慶安、宝永、明和――。

直近では、文政から天保元年にかけて、干支がおよそ五周りするごとに、誰がはじめるともなく繰り返し発生してきたのだ。

「ふふ、身共らで先駆けるも一興よ」

「我らには、ほっぽり出す仕事などないがな」

ようやく、顔つきが晴れやかになった。

「父上、母上……いってまいる」

出立の前に、六ツ子たちは両親の墓を詣でた。

「安吉と鈴も達者でな」

「見送りはよいぞ」

「へい、道中のご無事を」

「若様たちも、ご壮健で」

安吉と鈴は、旅立つ六ツ子たちを見送った。

「お爺どの、よろしかったので？」

「なんのことじゃ？」

「若様たちに、まことの母君の墓もあると教えなくてよろしかったのかと」

「うむ……」

安吉は、ほろ苦く笑った。

父親の元将軍も、とうの昔に身罷《みまか》っているのだ。

「いまさら知ったところで、どうにかなることでもないわい」

葛木家は、元を辿れば御庭番衆の家系であった。

八代将軍の吉宗公は、紀州徳川家の出である。江戸へともに連れてきた薬込役の十数名が、将軍直下の隠密である御庭番衆となった。

御庭番衆は御家人として召し抱えられ、後世にほとんどの者が旗本へと成り上がっている。旗本ともなれば軽輩のお務めからは外されるが、子は幕府に出仕して御庭番になるとも定められていた。

安吉と鈴は、葛木家の分家なのだ。

六ッ子たちを穀潰しとしてお育て申し上げるため、葛木主水の眼となり耳となり、ときには非情な刃をふるってきた。

葛木家の小火は、安吉と鈴が六ッ子たちの旅に同行して江戸を留守にした隙を衝かれてのことである。

下手人は、次の将軍職を巡って六ッ子たちを拉致せんとしたか、あるいは目障りとして亡き者にと謀った者たちであろう。

御三家、御三卿――。

権勢欲に溺れた有象無象《うぞうむぞう》の輩――。

呑気な狸面でありながらも知略に長けた葛木主水は、小火の災禍を逆手にとって六ッ子たちの行方をうやむやにせんと企んだ。

閉門の沙汰を願い出て、みずから熊野の奥地へ隠棲したのである。

主水の策は功を奏し、無難に時を稼ぐことができた。

将軍家の跡目争いにも決着がついたことで、六ッ子たちは用済みとなって忘れ去られていたかに思えたが……。

岩倉村の妖怪が、六ッ子たちの正体に気付いてしまった。

一介の貧乏公家でありながら、公武合体を画策して仁孝帝の第八皇女を将軍家へ降嫁させた策士である。

六ッ子たちの祖母は、日光社参の道中で通りかかった十代将軍の奥方が、行き倒れていたところを拾い上げ、奥方の実家である閑院宮で引きとったという。

その娘は、すでに孕んでいた。

生まれた子は三ッ子であった。

ひとりは死産で亡くなった。

ふたりは別々の家へ養女に出され、数奇なる運命によって大奥の女中として迎えられ、将軍の子をそれぞれに孕むことになった。

ゆえに、朝廷の間者が六ッ子たちの秘事を探り出したとしても不思議はない。

さぞや岩倉卿も驚いたことであろう。

徳川家のご落胤を幕臣に殺させることで、幕府軍の本陣を撹乱させるという非情なる謀略であったと思えるが、よもや間抜けな六ッ子たちが命冥加にも大坂城より無事生還するとは……。

「鈴よ、お鈴よ」

「はい……」

「主水様は、あの怜悧すぎる当代の将軍様が、大政奉還を目論んでおるのではないかと申されておったがの」

「まさに鬼手。驚きました」

征夷大将軍を辞し、朝廷に政権を返上する。

これは日ノ本の面倒など見る気はないと宣言するに等しい。内憂外患で難題が山積みの上に、朝廷は口から泡を飛ばして幕府に文句をつけるばかりだ。本来は味方であるはずの諸藩に足を引っ張られることにもうんざりしていた。

だから、朝廷に政権をお返しした。

国難の舵取り、できるものならやってみよ——と。

千年の古都で惰眠を貪ってきた朝廷の貴族や、田舎大名ごときに対応できるはずもない、と高を括った。

困り果てて、いずれは徳川家を頼ることになる。

一見して捨て鉢のようだが、朝廷と幕府のもつれにもつれた対立を一挙に終結させる起死回生の秘策となりえた。

「幕府がなくなるとすれば、わしら御庭番衆もなくなるのが道理じゃ」

「は……」

「どうだ？」

「どうだ……とは？」

くくっ、と安吉は喉をふるわせた。

「あの莫迦どもについていきたいのではないか？　墓守など、わしだけで足りるぞ？」

「さあて……」

「まことの歳が露見するのを怖れておるのか？　たしかに大年増どころではないというに、ようも化けたものよ」

「お爺さま、老いて口元がほつれやすくなっているようですね。二度と開かぬように、しかと縫い付けて差し上げましょうか？」

「おお、怖い怖い」

「それに……」

今度は、鈴が不敵に笑った。

「あたしまでいなくなれば、誰がお爺さまを埋めるのです？」

「……墓を建てる、と申せや」

安吉は、六ツ子たちが拝んだばかりの墓に眼をむけた。神子の国で得たという六色の勾玉が長い旅の土産として供えられている。

ふたつの墓の奥に、もうひとつ古い墓があった。そこにも六ツ子たちはふたつの勾玉をお供えしていた。

誰の墓かは存ぜぬが、これも縁じゃ、と。

よければ、古狸と古狐の話し相手になってくれ、と。

優しい子供たちなのだ。

――若様たちは、これからも知ることはなかろうが……。

安吉は眼を細め、世の不思議に思いを馳せた。

神子家の祖先は、この熊野から出たのだ。

あの隠れ里は、三ッ子が領主として君臨する奇態な国であった。

熊野三山と三ッ子の血筋。

そして、日ノ本の神は、天照大御神《あまてらすおおみかみ》、月読命《つくよみのみこと》、須佐之男命《すさのおのみこと》など、三柱がそろいとして語られることが多い。

さらに、熊野三社の祭神は、家津美御子大神である。

奇妙な符牒であった。

「はてさて……たまさかたまさか……」

三

そして、ついに、とうとう――である。

宿願の伊勢参りが叶ったのだ。

江戸を旅立って幾星霜、江戸に還って追い出されてを繰り返し、遠回りに遠回りを重ねた艱難辛苦の果てのことである。

存分に浮かれてもよいはずだ。

弥次喜多道中の伊勢めぐりに倣って、やれふれやれふれ、えいさらえいさら、それてんちゅうじゃ、と陽気に歌いながら宇治橋を渡り、内宮の神苑に入ると、やれカンカンノウ、ほれカンカンノウ、それカンカンノウ、と踊って舘町の家並を右に折れた。

「よし、一の鳥居をくぐるぞ」

岸に下りて、流れも清き五十鈴川の水で口をすすぎ、手を清め、二の鳥居を潜って外幣殿や斎王侯殿を通りすぎた。

天を擦り上げるばかりに群立つ杉木立があった。

「ほいさっさ」

ここで襟を正し、裾を下ろして冠木鳥居を抜け、第四の御門まで落とし込むと、御神殿の前庭に出た。

一面に玉砂利を敷き詰めたお庭だ。

砂利に平伏しながら、玉串御門、蕃垣御門、瑞垣御門を通して御神殿を拝す。板塀を張り巡らし、棟に鰹木を並べ、その両端に千木がすらりと高くそびえ立ち、茅葺の屋根を持つ神明造のありがたい神殿であった。

「めでてえめでてえ」

右手の鳥居をくぐれば、末社の数々が待っている。朝日宮、豊宮、河供屋古殿宮、高宮、土宮などをひと通り巡拝し、道を戻って御裳濯川の橋を渡り、級長津彦命、級長戸邊命を祀る風日祈宮を拝礼した。

お次は、高倉山の麓にある外宮だ。末社も余さず拝礼する。あとは高倉山の急坂を登って、天照大御神が隠れたという岩戸を拝観した。

「たしかに豪勢な景色じゃのう……」

茶屋で休みながら、六ッ子たちは高倉山からの眺めを堪能した。

伊勢の海原が光っている。

五十鈴川が海へ流れ込み、その右手の二見浦には有名な夫婦岩があった。

左手には、三河と尾張の山々が望めた。

秋や冬の晴れた日には、富士山がよく見えるというが……。

「ああ、江戸じゃあ拝めねえ……」

「ありがてえありがてえ……」

「じつに尊い、が……」

「こんなものか……」

期待が膨らんでいただけに、ずんと沈むような失望があった。

かの『東海道中膝栗毛』でも、いよいよ伊勢に着いた弥次郎兵衛と喜多八は神妙一点張りになり、いつもの洒落も鳴りを潜め、面白き無駄口もなく、ただ真面目に参拝するのみであった。

昔の旅は、もっと辛いものであったはずだ。

街道も整っておらず、町人には路銀が乏しかったはずだ。

旅籠の銭を惜しんで道端で眠ったはずだ。

盗人にあって無一文になることもあったであろう。

足の裏を肉刺《まめ》だらけにしてひたすら歩き、着物は埃と垢にまみれて悪臭を放ち、有徳人に飯を恵んでもらいながらひもじさに苦しみ、朦朧としながら亡者のごとき姿となり果てて辿り着くのだ。

　地獄から、極楽にきた思いであろう。

　おびただしい神苑の尊さと神々しさに打たれて感涙が止まらなかったはずである。

　いまとなっては、旅は娯楽である。

　神宮は興行の見世物だ。

　しかも、各地でさんざん眼にしてきた勤皇志士の輩が伊勢でもあふれ返り、殺伐とした気を吐き散らして練り歩いている始末だ。

　これで愉快な旅情など味わえるはずもなく、一寸たりとも六ツ子たちの心を震わせるものではなかった。

「宿屋へ戻るか」

「古市の遊廓にも寄りたいところだがなあ」

「遊ぶ銭がありません」

「うむ、どうせ浪士ばかりで落ち着かぬ」

「明日には発つか」

　空は野暮ったいほどに晴れ渡っていたが、六ツ子たちは胸の内をくすぶらせたまま伊勢詣を締めくくったのであった。

四

山道はうんざりだ。

東海道を遡って江戸を目指すことになった。

とぼとぼと伊勢道を歩いて四日市を素通りし、桑名で焼き蛤を頬張ってから白帆の船に乗り込んだ。熱田のお社を海上から伏し拝み、宮の船着き場で降りると、そこは尾張の国である。

「よう、名古屋の御城も拝んでくか？」

「いや……」

「御城はこりごりじゃ」

「げに」

宮宿で一泊し、三河の国に足をむけた。

今岡村で芋川うどんをすすり、今村の茶屋でさとう餅を貪り食い、神君家康公のご出生の地である岡崎の御城を拝みながら通りすぎた。

土地の名物を楽しみながらの旅路だ。

山賊に襲われることもなければ、幕吏に狙われるでもなく、酒乱の浪士が斬りかかってくるわけでもないのだ。

しかし、六ツ子たちの顔は、すんと晴れなかった。

赤坂宿に泊まったとき、東隣の遠州より面白い風聞が流れてきた。

「掛川宿で、英国公使の一行が襲われたらしいのぅ」

「なんと、いまどき天誅騒ぎか」

「襲ったのは例幣使《れいへいし》のご家来衆らしいですね」

「例幣使ってなあ、なんでえ？」

「朝廷の祭使ですよ。日光に幣帛《へいはく》を奉って、京へと戻る途上であったとか。長州が幕府軍を退けたことで、朝廷の攘夷熱も盛り上がっているのでしょう」

「十二人で押しかけて、公使の雇った護衛に追い返されたと聞いたぞ」

「……へたれめ……」

「そのとき、公使一行にも血気盛んな異人がいたらしいな。護衛どもを率いて例幣使の宿に押しかけ、この手で下手人を捕らえると鼻息を荒くしておったようだ。まあ、さすがにお役人が止めたようだが」

「蛮族の兵を率いて賊の討伐でもやらかしたかったのだろうなあ」

「異人にも若気の至りがあるということか」

「公使一行を襲った下手人はどうなった？」

「京の都で処することになったとか。若気の至った異人どのには、処するときに検分すればよかろうと伝えられたらしいのですが、あれほど下手人を引き渡せと強硬に談じていた手のひらを返して、私を殺そうとした者の死刑を見物するほど復讐心に燃えているわけではないと逃げ口上を述べたとか」

「なんだ、へたれおったのか」

「へへっ、雉朗の兄貴みてえだな」

「む？　どういうことじゃ？」

若い異人の名は、アーネスト・サトウという。

「あねすと？　さとう？」

「佐藤と申すからには、日ノ本の血が混ざっておるのか？」

「あっ、思い出したぞ。西郷の吉之助さんが、その異人と会ったと申しておったな。英国の御仁で、佐藤愛之助という和名も持っておるとか」

アーネスト・サトウは、英国公使の通訳官である。

聡明だが、若い血を持て余し気味で、どこでも好奇心の赴くままに押し通ろうとし、番人が必死に止めようとすれば、「なにをいうか！」と怒鳴りつける癖があり、「私の冒険心を阻めるものはない！」と息巻く始末だという。

「異人もやらかすのう」

「いよいよ雉朗のようじゃのう」

「うむ、共感できる」

しかしながら、天誅騒ぎもいまさらだ。

さほどに気分も盛り上がりはしなかった。

夜明けに旅立ち、吉田宿の茶屋で団子を食べていたときだ。

「わしらは、なんのために江戸を出たのかのう」

左武朗が虚しげにつぶやいた。

もとより、意味も意義もない。

成り行きで流されてきただけである。

「まあ、よいではありませんか。御札もたんまりありますし、しばらくは伊勢参りの自慢で盛り上がれますよ」

せめてもの土産として、伊勢神宮の神符をかき集めていたのだ。

「でもよぅ、誰に自慢するってんだ？」

もとより、江戸に友達などいない。

「ならば、売ればよいでしょう」

「売れるかのぅ」

「売れませんかねえ……」

「お江戸もそれどころではあるまい」

そう思うと、ますます江戸への足取りが鈍くなる。

「ですが、世が乱れるとお蔭参りが流行ると……」

呉朗は、まだ商売を諦め切れないようだ。

けっ、と末弟の碌朗は吐き捨てた。

「そりゃ、先行きへの不安があるから、自棄な旅に身を投じて気を紛らわせるってもんじゃねえのか？　ここらで戦でもおっぱじまろうってえのによ、呑気に旅かけるどころじゃあんめえさ」

「いくらでも刷れるように古い版木も苦労して手に入れたのですが……」

「この罰当たりめ」

「ちゃっこいのう」

先行きへの不安は、六ッ子たちがもっとも感じていることだ。

まず厄介になる宛てがない。

長州の江戸上屋敷は、朝敵とされたときに潰されたと聞いている。幕府軍を破って、朝敵の汚名は返上されたが、幕府のお膝元で長州の人気があるはずもない。

──薩摩の屋敷であれば？

西郷吉之助の名を出せば、六ッ子たちを世話してくれるかもしれない。が、薩摩は薩摩で、江戸市中でやらかそうかという剣呑な気配を隠そうともせず、あまり近寄りたくはなかった。

──九段坂上の練兵館は？

撃剣野郎ほど血の気の余った者たちはいない。

却下である。

──いっそ、熊野で安吉と鈴の世話になるか？

しかし、山暮らしには飽き果てていた。

八方塞がりだ。

「なにか、のう、こう……」

「うむ、ものの足りぬ」

「だから、なんぞ、なあ……？」

「……やらかしたし……！」

そうなのだ。

太平楽が身上の六ッ子たちであっても、狂奔した世の熱気にさらされて、さすがに居ても立ってもいられなくなっていた。流されるだけではいけない。なにかしら、しでかさねば気が収まらぬ。

若さゆえの酔狂を持て余しているのだ。

「だが、戦は嫌じゃのう」

「わしも血は苦手とするところよ」

「政ではどうだ？」

「笑止」

「腹筋《はらすじ》にて候」

「おらっちにゃ、祭り事しかできねえさ」

「まつりごと──で音は同じではないか」

古代においては、どちらも似たようなものであったのだろう。荒ぶる神を鎮め、祀ることが為政者の役割であったのだ。

頭が煮詰まった。

逸朗は、雲ひとつない夏空を見上げた。

「暑いなあ」

じっとしていても汗が噴く。

顔を扇ぐものがほしかった。背負った小荷物を解き、ぽつぽつと湿疹のごとき赤錆の浮いた大鉄扇をとり出した。

うっ、と五人の弟たちは声を漏らした。

「ま、まだ、その鉄扇を持っておったか！」

「捨てよ捨てよ」

「う、売り払いましょう」

「なんの、芹澤さんの形見だから、なかなか手放せなくてなあ」

「形見より、攘夷の密勅が……」

「岩倉様は、もはや意味がないと申しておったがな」

「では、開いてみるか」

怖れ多さが先に立ち、まだ密勅を拝んだことがなかったのだ。

ばらっ、ばらばらっ、と鉄扇を開いた。

「阿呆……！」

六ッ子たちは眼を剝いた。

闊達豪放な筆遣いで、『あほ』としか読めない二字が書いてあったのだ。

「密勅ではなかったのか」

「芹澤さんの悪戯は厳しいのう」

「はて、莫迦が阿呆になれるか？」

「坂本さんのような阿呆にか？」

「てやんでえ。どっちも似たようなもんじゃねえか」

「いや、やはりちがうのではありませんか？」

言葉の響きとか、雰囲気とか、字画とか――。

「公武合体があるのであれば、莫迦と阿呆の合体も成りえるのかのう」

極め付けに、やくたいもない。

途方に暮れ、六つの雁首をそろえて夏の空を見上げた。

魂が吸い込まれそうな蒼天だ。

陽射しは眩く、蟬の声が煩いほどである。

どん、どでん。

てんてんてん……。

どこかの社で太鼓が鳴っていた。

「……祭り……」

「世直しじゃな」

「祭りで世直しか」

にっ、と六ッ子たちは笑った。

「よいな」「やるか」「やらかそうぞ」「……暑い……」

おっとり、だらだらと。

武士の矜持などなく、道も徳もない。

ただ流されて生きてきた。

それでもよい。

だが、ここらで一世一代の悪戯をやらかしたかった。

そうでもしなければ、やりきれない。

盛大に騒いで、亡き者たちの分まで笑いたかった。

こうして――。

六ツ子たちの大莫迦祭りがはじまったのだ。

五

はらり、と。

「やれふれやれふれ」

どこからともなく、天より御札が降ってきた。

一枚だけではない。

はらほれ、ひれはら——と。

風に乱れ散らされながら、おびただしく舞い落ちてきたのだ。

「えいさらえいさら、えいさらさ」

「それてんちゅうじゃ、はりひちじゃ」

「そら、はらほれ」

裸に赤褌の莫迦どもが、宿場の往来を踊り歩いていた。

額には白の鉢巻きだ。

天下泰平の幡《はた》を背負い、龍の幡も押し立てて、しめ縄を腰に引きずり、笹竹をふりまわし、鉦や太鼓を鳴らして六根清浄を唱え、痴れに痴れて、浮かれに浮かれて、奇態に踊り狂っていた。

なにもかも、でたらめを極めている。

「慶事の前触れじゃい」

「風流です！　風流ですぞ！」

「ほい、ひれはれ」

「野暮も不粋も、どいつもこいつも、どっと楽しみやがれってんだ」

「世直しじゃ！　祭りで世直しじゃ！」

宿場者は唖然とするばかりだ。

――暑さにやられて気が触れたのか！

小さな子供たちは、きゃっきゃと無邪気に笑った。

だが、宿場の若者たちは、これに乗った。面白きことに餓えていたのだ。着物を脱ぎ捨て、褌一丁となって浮かれ騒いだ。

ひらひらと。

御札が花びらのように舞い散る。

奇瑞なり――。

妖しきなり、怪しきなり。

これぞ流行神の仕業なりしか！

大人たちの口元がほころんだ。

――いいじゃないか……。

攘夷だ天誅だと騒がしく、殺気立った輩の狼藉に脅え、誰もがうんざりしているのだ。しかめっつらしいのが、それほど偉いってえのか。攘夷も勤皇も糞喰らえ。幕府も朝廷も糞喰らえだ。

社から神輿や山車が引き出された。赤飯を炊き、酒餅がふるまわれた。笛を吹き、三味線を鳴らし、撞木を叩く。手で拍子をとり、節を整え、歓喜連呼。緋ちりめん、白襦袢、黒羽織。なんでもござれ。髷を切り、髷を結う。なんでもけっこう。赤い提灯をかざして踊り狂った。

莫迦は感染するのだ。

「ヨイジャナイカ、エイジャナイカ」

莫迦祭りは東海道一帯にひろがった。

東は浜松から駿府へ、西は尾張名古屋から、伊勢、近江へと侵食した。

十月の半ばには、淀、八幡、伏見へと。

そして、京都へ。

『京の都下において、神符がまかれ、ヨイジャナイカ、エイジャナイカ、エイジャーナカトと叫んだという。八月下旬に始まり十二月九日王政復古発令の日に至て止む』と『岩倉公実記』に記されるほどの狂乱ぶりであった。

大坂や兵庫にも感染はひろがった。

貴賤を論ぜず、猫も杓子も拍手合唱、老若男女がエイジャナイカの囃子言葉を連呼しながら、朝から晩まで力尽きるまで踊った。

「おかげでヨイジャナイカ、なんでもヨイジャナイカ」

「おまこ紙張れ、へげたら又はれ」

「ヨイジャナイカ、ヨイジャナイカ」

老人は若者に扮し、若者は老人を装い、男は化粧で女子を模し、女子は男装し、老婆が娘に化け、弁慶や菅公などの扮装で練り歩く。

酒呑童子と坂田金時、平将門、伊邪那岐《いざなぎ》に伊邪那美《いざなみ》、天照大御神や須佐之男命、天の岩戸で裸踊りをした天鈿女命《あまのうずめのみこと》、天孫《てんそん》こと迩迩藝命《ににぎのみこと》など、ひと柱くらい本物が混ざっていてもわかりはしない。

天狗や河童などの妖怪も堂々と踊っていた。

「時節直しじゃ！　世直しじゃ！」

「ヨイジャナイカ、ヨイジャナイカ」

横浜、江戸、奥羽の会津に届いた。

美濃、飛驒、信濃、甲斐、そして北陸も侵食した。

播磨、淡路、讃岐、阿波と伝わり、果ては九州にまで達したという。

六ッ子たちは、嬉々として転戦した。

どこにいっても宴があるのだ。寝ても覚めても大騒ぎだ。酒が呑め、歌い、踊り、芸ができる。これほどの幸せはなかった。お開きのない宴だ。いつまでも、どこまでもつづけていたかった。

「莫迦でヨイヂャナイカ！」

「阿呆でエエヂャナイカ！」

空言を吐くぞ。

見得を切るぞ。

天に吠えるぞ。

空虚に漂うぞ。

算盤を鳴らすぞ。

三味線を弾くぞ。

我らは祭りの神だ。

六ッ子大明神である。

哀しみも苦しみも、いまは忘れてしまえ。歩いていれば、どこかには着く。着かずとも、足もとで影が寄り添ってくれよう。明日なんぞ、どうにかなるもんだ。夜は必ずくる。夜は必ず明ける。月がなければ歩いてころべ。

かんしゃくで天の秤をぶちまけよ。

涙と恥は天の川に流せ。

外見も問わず、中身も問わず。

すっ転んで、大恥かいて、だからなんだというのだ。

泣いて叫ぶは、こちらに任せよ。

情けなく泣いてやろう。

いざ尋常に、さあ見事に。

さても惨めに転がってやろうぞ。

嘲笑も侮蔑も屈辱も、すべて余さず請け負った。なに、手慣れたもんだ。そら絵空事を吹きまくれ。貧者も富豪も、賢者も愚者も、常世も浮世も、前世も来世も、罪も業も、嘘も罰も、どうでもよいではないか。

——しくじったところで、どうせ明日はやってくるのだ。

神符を撒き、笑った。

神符を撒き、泣いた。

泣こうが笑おうが、人の世は変わらない。

笛を吹きながら踊った。

三味線を弾きながら舞った。

これぞ江戸の華である。

これこそ江戸の粋であった。

日ノ本中が江戸の莫迦となり、六ツ子たちの大宴会でひとつになったのだ。

はらはらと——。

伊勢の御札が舞い散った。

六

徳川慶喜は朝廷に政権を返上した。

日ノ本に衝撃がはしった。

ついに大政奉還が成ったのである。

これによって、朝廷と幕府の対立は終結したかに思えたが、薩摩人の度重なる挑発によって、幕府と薩長連合の戦がはじまろうとしていた。

倒幕の宴もたけなわである。

が、六ッ子たちには、どうでもよいことであった。

それは彼らの宴ではないのだ。

大宴会の日々も、ついに終わってしまった。残念ではあるが、終わらない宴などない。お開きがあるからこそ、次の宴会に挑めるというものである。やらかすだけやらかして、どこか晴れ晴れとした心持ちであった。

凶報も飛び込んできた。

坂本龍馬が暗殺されたのだ。

下手人は、新撰組とも見廻組とも噂されている。

奇しき因縁だが、見廻組を率いる佐々木只三郎は、浪士組として江戸を発ったときにお目付け役として随行した幕臣であった。

「〈天の逆鉾〉を抜いた天罰かのぅ」

「祟りであれば、刺朗が真っ先に受けるはずであろう」

「……うぅ……」

悪い報せは他にもあった。

六ツ子たちが吉野に入る前に、長州を勝利に導いた高杉晋作が逝ったらしい。労咳に肺を蝕まれての死であったという。

「――死すべきときに死し、生くべきときに生くるは英雄豪傑の成すところ――」

それは高杉の言葉であった。

「これも高杉さんらしい最期なのかのぅ」

激動の青春を駆け抜け、暴れるだけ暴れて逝ったのだ。

もって瞑すべし――。

良い莫迦は亡くなった。悪い莫迦も鬼籍に入った。良い阿呆であれ、あえなく非業の死を遂げることになった。

次々と幽明境を異にしていくのだ。

新しい時代にとって、莫迦も阿呆も用済みである。

無用の莫迦であれば、なおさらだ。

幕府が倒れ、新政府ができたとしても、六ッ子の穀潰しどもを生涯養ってくれるほどお人好しとは思えなかった。

「しかし、薩摩は英国と手を組んだと聞くが……」

「なんだかなあ」

「なんのための攘夷であったのか」

「まあ、よいではないか」

「して、我らはいかに？」

「海を渡って、異国と商いでもしましょうかね」

「……大陸で浪人……」

「へっ、それも悪かあねえや」

これより日ノ本は、西洋列強に追いつき追い越せと忙しない世になろう。

古い風習も、無知蒙昧の闇も払われよう。

ますます、いたたまれない。

ならば、なれば――。

莫迦が莫迦のまま気楽に生きていける新天地を求めるべきであろう。

「さあて、お次はどこへ流れていくかのう」


江戸は逝く。

風とともに過ぎ去りぬ。

かくして、新しき御代が明けにけり。

ハイ、ひと足お先に――。


六ッ子たちは、船で旅立つことにした。

金毘羅船に西洋式の帆を張った和洋折衷の船である。

勝麟太郎を介して、紀州藩より下賜されたものだ。

なんの功労か。なんの報償であるのか。まるっと身に覚えはない。先年に坂本龍馬が海難事故に遭い、紀州藩に船を沈められた。その賠償のおこぼれが、なぜか巡り巡って六ッ子たちにまわってきたのかもしれないが……。

深く考えたところでラチもない。

委細は気にせず、もらえるものはもらっておくだけだ。

帆に〈あほだら丸〉と書いて出航した。

「いざさらば〜、我も波間に漕ぎ出でて〜、あめりか船を――」

水戸の徳川斉昭公が詠んだものとして知られ、数多の勤皇志士が愛唱し、芹澤鴨も酔うたびに歌っていた。

いざさらば〜
いざさらば〜
莫迦も杓子も、いざさらば……

結　大団円

江戸は東京と呼称を改められた。

東の京とは、なんとも芸のないことながら、帝も遷ったことで晴れて帝都と冠するのだから、まずはヨシとしなければなるまい。

幕府は滅し、帝を中心に据えた新しい政体が日本に出現した。

藩も解体され、殿様はいなくなった。

四民平等の世が到来したことで、俸禄を失った武士が、無役の部屋住みが、わっしょいと野に解き放たれてしまった。

そして、新年号の明治も十年を数えることになった。

葛木主水と妻の妙は、新時代を迎えてもしたたかに順応していた。

生きていたのだ。

ならば、熊野の墓は？

六ッ子たちの実母たちのものであった。

徳川家の終演を察した主水は、隠棲のついでに、いっそ穀潰しどもを自立させんと死んだふりを決め込んだのである。

これぞ策謀のやり納めであった。

逸朗、雉朗、左武朗は、すっぽんとお気楽に母の胎内から産まれた。刺朗だけは逆子で、臍の緒が首に引っかかって、呉朗と碌朗を巻き込む難産であったが、ともあれ無事に世に転げ出ることになった。

主水に養父としての情はある。

妙にも養母としての愛があった。

だが、もはや子供ではない。

旅によって逞しく成長し、立派に生きていけるはずである。

明治になってからも、葛木夫妻はしばらく熊野で隠遁しつづけていた。世間が落ち着いてきた頃合いを見計らって、横浜で商いをはじめることにした。

異人相手の骨董屋を開いたのだ。

困窮した没落武家から蔵出しの家宝や銘品を買いとっては、日本土産を買い漁る外国人に高値で売るのである。

幕臣時代の人脈を活かし、商品の仕入れ先には不自由しなかった。安吉に番頭を任せ、鈴も売り子をしてくれている。

隠居の商売としては、まずまずの成功といえた。

「主水どの、ただいま戻りました」

着流し姿の男が、ふらりと店に入ってきた。

男臭い顔立ちに独特な愛嬌。坊主頭と無精髭に白いものが混じっているが、武道で鍛え抜いた逞しい体軀をしていた。

「おお、伊原どのか」

「伊原様、ご無事でなにより」

主水は破顔で迎え、妙も微笑みながら茶を淹れた。

「奥方どの、ありがとうございます」

伊原覚兵衛という好漢だ。

かつては、六ツ子たちの命を狙う刺客として、さる大名家に雇われた剣客であった。

が、神子の国とやらで左武朗との決闘に破れて人斬り稼業をやめる決意をしたという。

奇異な縁である。

伊原は、気絶しているうちに神子の国から追い出されたらしく、深山を彷徨っているときに安吉と鈴に遭遇した。いまさら殺し合う意味もなく、なんとなしに意気投合して熊野までついてきた。

そこで、主水と妙の人柄に感服したらしく、安吉と鈴の役目を手伝って、江戸に舞い戻った六ツ子たちの彷徨を裏で手助けしてくれていた。

人斬りではあるが、どこか憎めない浪人であった。六ツ子たちが日ノ本を出てから、今年のはじめまでは骨董屋の用心棒を務めてもらっていた。

主水は訊いた。

「九州では、いかがでしたか？」

「ええ、政府軍に鹿児島を押さえられて、西郷は城山に立て篭もっているようです。しかし、もはや脱出も叶いますまい。政府軍の総掛かりもはじまりましたから、いまごろは首となっているでしょうな」

新政府は、攘夷どころか異国との交わりを深めて技術と知識の導入に邁進したことで、尊攘志士として幕府と戦った士族たちは激昂し、各地で叛乱を起こしては政府軍に鎮圧されていた。

西郷吉之助こと西郷隆盛も、不平士族を率いて九州で叛旗を翻した。最大にして、おそらく最後の叛乱事件であろう。

桂小五郎こと木戸孝允は、京都の別邸で西郷を案じながら病死した。

伊原は伊原で、剣士の血が騒いだものらしい。警視隊にみずから志願して、薩摩の賊軍を相手に白刃をふるってきたのだ。

じつに、さっぱりとした顔になっていた。

「賊軍の鉄炮玉が肩に入って、しばらく温泉に浸かって療養していましたが、まあ戦も片づきそうなので、そのまま警視隊を辞めてきました。出戻りですが、また用心棒をやらせてください」

「はいはい」

主水は鷹揚にうなずいた。

「ああ、そういえば、船で横浜にむかっておるときに面白い噂を仕入れましたぞ。なんと海賊が出たのですよ」

「ほう？」

「明治の御代に、また古風なこと」

妙も愉快そうに笑った。

「海賊と申したところで、さほど悪辣ではないところも面白い。しかも、ひどいボロ船で、海賊は六人しかいないらしい。なんでも、褌一丁で、髪はざんばら、顔も髭にまみれ、まさに野盗のごとき風体……」

そこで、にや、と伊原は笑った。

「面妖なことに、その六人は見分けがつかないほど同じ顔だとか」

はっ、と妙が息を呑んだ。

主水も眼を見開いている。

「なんでも、洋上の漁船を襲ったらしいのですが、米や味噌を奪う代金として、脅える漁民に自作らしき戯作本を押しつけ、読み聞かせまでしたらしい。それが面白ければ慰めにもなるのですが、酔っ払いの与太話をえんえんと聞かされるようで、かえって寿命の縮む思いであったとか」

もしや、それは逸朗では……。

「それから、羽根を頭にたくさん突き刺して、顔に奇妙な隈取りをした海賊もおったようですな。そやつ、漁船に乗り込むや大見得を切って、なにやら大声で吟じては、やたらと流し目をくれておったとか」

おそらく……雉朗にちがいない。

「あとは、そうですな。ささくれ立った木刀を無闇にふりまわして、漁船の帆柱に喧嘩をふっかけていた海賊もおったとか。いやはや、さぞや漁民も生きた心地がしなかったでしょうなあ」

いかにも、左武朗のしでかしそうなことだ。

その奇行によって、庭の木が何本枯れ果てたことか……。

「そうそう、猫憑きの海賊もおったらしい。にゃあにゃあと気味悪く鳴いては、誰彼かまわずじゃれかかって顔を舐めていたと……これは、さすがに話を大げさにした漁民の駄法螺と思いたいところですが」

刺朗は、あいかわらずのようだった。

「他にも、血走った眼で武家株はいくらで売買されておるのか問いただしておった海賊もいたようですな。いまは四民平等の世だと伝えたら、口から泡を噴いて卒倒してしまったとかで」

ああ、呉朗も変わっていないのだろう。

「あとは、威嚇のつもりなのか早口の江戸弁を喚き散らしたあと、ふと涙ぐんで新しい落語を知っていたら聞かせてくれと漁民にせがんだ海賊も……」

いかにも、いかにも磊朗であった。

「そ、それで……」

主水の声は、やや震えていたかもしれない。

「その海賊とやらは、どこへ？」

「さて、西郷軍の残党かもしれぬと海軍の艦も追っておるようなので、横浜の上陸を諦めて、東京へむかったのかもしれませんなあ」

妙の背筋が、しゃきんと伸びていた。

その手には売り物の長刀《なぎなた》が握られている。

「あなた……」

「む？」

「本所のお屋敷は、どうなっているでしょうねえ」

「むむ？」

「穀潰しどもに、たんと飯を食べさせなくては……」

主水も同じことを考えていたところだ。

拝領屋敷は政府に接収されているはずだ。もし売り払われたのであれば、すぐに買い戻して住めるように手入れをしなくてはなるまい。

愛しき穀潰しを出迎えてやらねば——と。
老いたせいか、眼に熱いものが滲んだ。
伊原のにやにや笑いが、ぼやけてよく見えない。
妙もそうであろう。
「伊原様……すみませぬが、安吉と鈴を呼んでくれませぬか?」
「ははっ、承知つかまつった」
あれから、ずいぶんと月日が経った。
——よもやよもや……まだ莫迦のままであろうか?
そうであろう。
そのはずだ。
それでこそ、お江戸の名物——。
我ら夫婦で育て上げた誇らしき大莫迦どもであった。

本書は書き下ろし作品です。

著者略歴　1968年生，作家　著書『六莫迦記　これが本所の穀潰し』『六莫迦記　穀潰しの旅がらす』（以上早川書房刊）『明治剣狼伝　西郷暗殺指令』『つわもの長屋　三匹の侍』『幕末蒼雲録』『炙り鮎　内藤新宿〈夜中屋〉酒肴帖』他多数

HM=Hayakawa Mystery
SF=Science Fiction
JA=Japanese Author
NV=Novel
NF=Nonfiction
FT=Fantasy

六莫迦記《ろくばかき》
いつの間《ま》にやら夜明《よあ》けぜよ

〈JA1512〉

二〇二二年二月十日　印刷
二〇二二年二月十五日　発行

（定価はカバーに表示してあります）

著者　新《にい》美《み》健《けん》
発行者　早川浩
印刷者　矢部真太郎
発行所　株式会社早川書房
郵便番号　一〇一 - 〇〇四六
東京都千代田区神田多町二ノ二
電話　〇三 - 三二五二 - 三一一一
振替　〇〇一六〇 - 三 - 四七七九九
https://www.hayakawa-online.co.jp

乱丁・落丁本は小社制作部宛お送り下さい。
送料小社負担にてお取りかえいたします。

印刷・三松堂株式会社　製本・株式会社明光社

ISBN978-4-15-031512-2 C0193

本書は活字が大きく読みやすい〈トールサイズ〉です。